中国作家协会定点深入生活项目
山东省作家协会定点深入生活项目

海货

sea story

著 阿占

青岛出版社

第一章
海货·潮
Chapter One

目录
*

老船上岸 - 003

黑金鲍 - 009

如鸟似鱼 - 012

上钩吧，亲 - 017

在 9 月 - 025

时间黑洞 - 030

原乡的风骨 - 036

船老大风浪史 - 040

鱼在风中歌唱 - 050

与海蜇相杀相爱 - 057

全城欢动之行为艺术 - 064

后海往事 - 072

行走于刀锋 - 081

第二章
海货·味
Chapter Two

恰是霜冷长天 - 091

熟醉 - 097

厨娘妖娆 - 100

鱼香这把密钥 - 104

物极则必反 - 107

虾皮小日常 - 113

吃蟹 - 117

诸神拌饭 - 124

柔软和坚硬 - 130

伏天混汤面 - 134

一樟春风 - 138

亲爱的烟火 - 144

饺子就酒 - 152

卓别林的皮靴 - 157

甜晒与乡愁 - 162

岬角之恋 - 171

凿头 - 176

岛上短笺 - 181

孤品一种 - 187

若有灵焉 - 193

渡船上 - 199

耐冬花和候鸟 - 206

守塔人 - 212

码头悲喜 - 217

一个人的"山海经" - 222

匠人春秋 - 232

浮生半日 - 241

蚶子与鳀与几个片段 - 247

大风起兮 - 255

第三章
海货·岛

Chapter Three

半岛的语文（代跋） - 265

第一章 * Chapter One

海货·**潮**

老船上岸

一条二十年的老木头船,用凶恶的风浪做了文身,满布的杀伐之气,就像那些久经沙场的武士。现在,它被搁置在早春的岸滩上。正午时分,若靠近船身,能听见喑哑低闷的声音从深处传来——榫卯彻底相离,怕是生命里最后的动静了。

"咔吧"声!榫卯相扣,这是新船才有的资格。新船和新房子一样。从前新盖的大木梁架结构的房子,房架上桡没完全装到位,经过一段时间的居住,被烟火气焐热了,被人的呼吸落实了,会发出"咔吧"一声。新的、边簧和边槽之间即便较着劲儿,也不会开裂和变形。老船恰恰相反,响起来的,是散了架的声音。一声"咔吧",便已归天。

再看老船,好像被烧刀子泡过,泛青、泛蓝、泛黄、泛灰、泛白、泛一切天翻地覆的狠颜色。烧刀子是什么?因为度数高、味浓烈、似火烧而得名。渔把式们都知道,烧刀子之烈,遇火则烧。入口如烧红之刀刃,吞入腹中燃起滚滚火焰。出海打鱼,在冰冷的天海之间,正是凭借这一腔刚烈,渔把式们才能找回存在感。

渡海的老船，当年渡的是苦难，渡的是艰险，能够从这中间抽身而过的，怕也只有仁慈了。老船身上的每一块木头都有灵性，早就成了雷电的一部分，成了风暴的一部分。老船曾经对主人说过，如果有一天老了干不动了，要将它留在大海上，随风浪漂泊，逐渐解体。或者在某个瞬间听凭风浪与礁石的夹击而粉碎，转眼沉入海底，坠入深蓝的深处——这些都可以让老船拥有从生到死一直属于大海的荣耀感。死于大海，老船相信还会有"来世"。

至不济，也要拥有滩涂一隅，对死亡保持觉知，潮汐涨落，时间显示出不动声色的力量，生命之光与死亡阴影重新融合，流沙如软金覆盖了所有的秘密。

主人肖老大没有背叛老船。在渔村，老船不能用了，拆卸变卖似是约定俗成，十个船老大有九个都会这么做——将头颅拆下来，卖给流动的小贩，改造成简易住房；躯体卖给家具商，打磨上漆，以老船木的噱头哄抬几番价格；心脏和脑子卖给收废铁的，与废弃易拉罐混为一谈……大多数船老大希望那些驾驶舱、发动机和螺旋桨能卖个好价钱。除了肖老大。他知道老船不想这样死。相会过千军万马，最后落得变卖残骸，这样的过程比结果还要疼痛。死亡最可怕的地方不在于丢失未来，而在于没有了过去。唯肖老大与老船惺惺相惜。

不过是一条渡海的破船，留着干什么？人们不解地问，包括肖老大的儿子。肖老大陡然大怒，在儿子脸上甩了一巴掌。

回想起海上的苍茫日夜，一切背景都简化了，都退后了，只剩下孤独的海平线。肖老大和老船始终没有发现岸，他们固守着心中的石头，彼此默契。来了好潮水几天几夜不能睡觉，要趁着潮水浪峰抢鱼。在风口浪尖，他们一起扯着嗓子吼起来。肖老大到死都不会忘记那一年的农历九月初五，早晨出海还是漫天的胭脂彩霞，到了中午头海就怒了，眨眼工夫，灌满铁铅的云层越来越厚，沉沉地碾压过来。肖老大从没见过这么低沉的天空，他感觉快要憋死了。忽然，冰雹噼里啪啦地砸了下来，最小的如鸡蛋，大的竟好比半块砖头。那浪啊，扯天扯地。一个浪峰过来，船被抛了出去；再一个浪峰过来，船又被接住了。渔伙计们不是吐出了胆汁就是吓破了胆，根本无从下手，只能听任上天安排。

一个又一个的浪峰之后，肖老大惊奇地发现船竟然没翻，自己还活着。这个时候，岸上的女人们早已哭声一片。冰雹把庄稼地都打烂了，那树叶一样的木头船还能在吗？她们哭上一阵，又憋了回去，齐齐地跑到码头上等着，死死地望向轰隆翻卷的大海，彼此只说宽慰的话，祖辈上那些翻船的老故事谁也不敢提半句，就好像村后的空冢从来不存在一样……

肖老大与老船相依为命，彼此的悲喜是连同着生死沉浮一起完成的。二十年前，肖老大正值壮年，那个吉日，他兴兴头头地置办了渔具，在新船上贴满了对子——大桅上贴"大将军八面威风"，二桅上贴"二将军日行千里"。三桅到五桅，一路看过去，分别是"三将军随后听令""四将军一路太平""五将军马到成功"。船舱里还有"招财进宝""积玉堆金"……终于,一切停当了,放炮仗,请财神,做羹饭,下水。

工事一尺,命长一丈,船通常需要三年两修。过去的二十年里,肖老大都是按照这个频率把船交给石老二,就像肖老大的爹把船交给石老二的爹一样。

从祖上开始,石家人就是半岛地区有名的修船匠。凭借一把斧头、一把刨子、一把锯子、一个凿子、一些麻丝、一点油灰,石家人在不同的渔村里施展着匠心和苦心。修船攸关渔家性命,非同小可。整个木头船都是手工打造的,修补只能依靠手工推进,一寸是一寸,一厘是一厘,想快也快不起来,即便五六米长的小船,修修补补也要七八天工夫。

修船需要悟性,更是缘分。以前这门手艺不传外姓人,师傅门下颇为拥挤,后来木船被铁壳大船替代,再加上修船又累又枯燥,很多人转行不干了,修船匠就跟海里的鱼一样,越来越少,几代人的手艺快要走到尽头了。

老船最后一次修整是两年前的事情。伏天休渔,渔民进城打工,修船匠却是最忙的。石老二戴着草帽,衣裤严实,为了躲过毒日头,他凌晨四点半就得开工。肖老大提了茶水去看他,顺便也去看看老船。他们躲在阴凉地里歇晌,没有一丝风,满世界闪着针尖儿一样耀眼的光。

这船到年岁了,石老二说。我也到年岁了,肖老大说,春秋天三五海里跑跑,捞点小鱼虾,就消停了。后来又说到了各自的儿子。

肖老大的搞养殖，石老二的开渔家宴。年轻人谁会守着一条船过日子呢？

茶水浓酽方能解暑。茶锈如铁，比岁月坚硬。肖老大给石老二递了烟，继续说下去——那些年，船把肖老大带到了不为人知的所在，海怪，大鱼，他都见了。大鱼的脊背是黑色的，拱形，就像退潮时露出的岛子。有月亮没有风的晚上，船把肖老大带到海中央，大鱼就会来报信，告诉他在哪里撒网能满载而归。鱼嘴一张一合，清脆的声响能在水面上走很远。肖老大就仰天长笑，那笑声甚至能把月亮击落……

夏天之后，肖老大与石老二再无后会。又过了一个夏天，肖老大与老船一起上岸，渔具都撒在房顶上，老船则风化于天地自然之间，于是便有了开头的那一幕。也许用不了多久，人们会说，看那老船，像被狼吃剩的牛或马的骨架，也像被人和猫吃过的鱼的骨架——肖老大必定更老了，每逢大潮之日，孑然晃荡于岸滩。

海风啸叫起来，浪的堆叠如雪，他和老船一起组成了废墟。

黑金鲍

在半岛地区，最早叫上价格的海货还属黑金鲍。就像名字一样，黑金鲍曾经有过神秘的炒作史。它通常需要七八年才能长到适合捕捞的最小尺寸。厚厚的岩状物堆于鲍壳表面，糙如火痕，打磨后却幻彩耀目，不输珍宝。贩子定期来收，价钱翻高，鲍壳转手卖给制作高级饰品的外贸加工厂，赚得更多。普通的鲍壳也有好价格，用于医药和贝雕。鲍肉则无人问津。

那些水域深阔，礁石堆叠，一股股海流湍急的地方，也是黑金鲍出没的地方。它们最喜欢在此界谋生，一来图个清凉干净，二来也属本能地自护。20世纪60—70年代，没有哪个渔民不喜欢黑金鲍，捞到它们就等于捞到了钱。几乎每个渔村都有几个奇才，孤狼一样立于礁岩高处，后脊微拱之时，双臂聚拢，随后一个猛子入海，下潜十数米，再浮出水面时，定有惊人之举。奇才知道，流再急，也有停歇的当口，俗称稳流——奇才如他们，是少有的能把握住稳流时间和规律的人。

半岛地区自古顺应春生、夏养、秋长、冬捕的规律，是生存智慧，也是约定俗成。鲍以七八月为肥美。到了夏季，船老大出海不再下网，改为雇猛子，杀底捞货。猛子属于胶东半岛的叫法，到了辽东半岛，叫碰子。其实都是一个意思——把命扎到海底，碰大运，捞大钱。

猛子中多奇才，身如岩石，皮似胶板，肌肉拧成了铁疙瘩，神武至极。他们手持鲍铲，腰旁拴着兜网，跳水之后能在最短时间里消解浮力反冲，迅速下潜，绕开裙带海藻，直逼礁石缝隙。

当时的潜水设备土贼土贼，且来路不明。夜班工人从厂里偷来的下脚料，铜皮、铅块、风挡玻璃、机器上的传送带，被卖到了城乡接合部，又辗转渔村。制作工艺也相当粗陋。潜水镜硌脸，下一趟水上来，脸被铜皮套硌出了凹痕。传送带做的脚蹼，遇海水生硬，磨得脚起泡。

腰铅，四个铅块穿成的腰带，重达二十五斤。纵身一跃前，都要系上，没有它，人沉不到海底，更不用说保持平衡。供氧完全靠人工液压充气，最紧要的就是保障输氧线畅通，所谓命悬于一线。甲板上若出了差错，或者船上的人忙乱之中忘记了供氧，海

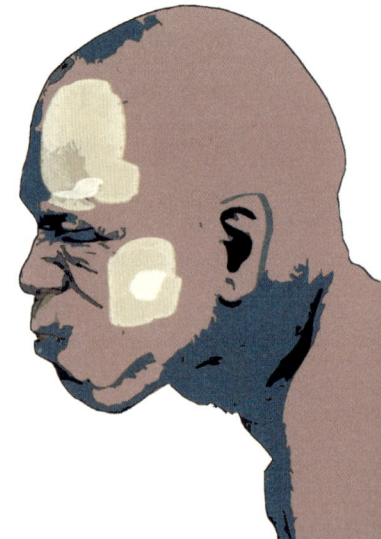

底的猛子必定性命不保。

海浪在周围暴力挤压,激流也会把人拖向死亡的深渊,锋锐的礁石和蛎子壳就是埋伏着的斧钺钩叉。除此之外,还要面临各种凶猛海物袭击的风险……奇才命大,或许,他们对于未知有着天然的预感,对于大海又深知其脾性,凭借胆识和运气,一个潮汐连下四五次,一次比一次潜得深,在海底逐礁、逐片、逐面、逐缝地抢三寸大鲍,那种气势,好似要建立一个王朝。20世纪80年代末期,在日照石臼海域,曾有人抢到一只特大的黑金鲍,竟然比鞋壳还长,用钩子秤一提溜,足有两斤重。鲍壳卖了大好价钱;鲍肉则配上肥肉膘剁成了饺子馅。一口酒,一个饺子,越喝越有,真乃人世间少有的鲜美。

半岛地区,鲍壳最贵的时候,到了每斤二十多块钱。20世纪90年代以后,不再有人收鲍壳了,鲍肉却值钱起来,海参也被炒上了天。海货行市日涨,城里酒楼生意火爆,贩子们紧紧地盯上了渔村。

如鸟似鱼

鱼和鸟以流线型身体减小阻力,从而获取速度,也获取自由的意志,为了做得更好,它们舍去了多余的脂肪,越来越接近自己喜欢的样子。去远方是最重要的事情,远方代表着食物与繁衍——它们交付了翅膀或鳍,终生都要到远方去,并且从远方回来,不辞劳苦,从不更改。

针良鱼只能让我想到鸟。《山海经》里,针良鱼被称为鱵鱼,"状如鯈,其喙如针"[①]。每年槐花盛开时节,针良鱼向岸边靠近,在河流入海口,因误闯了渔人的密道,终究成了俗世里的美味。

《山东省志·水产志》(山东人民出版社,1991年版)记载:"小鳞鱵……喜栖于浅海及河口,有时进入淡水,主要分布在海州湾、石岛沿岸、烟威近海、莱州东部以及滦河口一带,尤以黄县屺岛和桑岛近海为密集中心。"

小鳞鱵,迷你版针良,不会长过二十厘米。针良则二尺有余,

---

① 编者注:按《本草纲目》。即鱵鱼。

细长侧扁，呈带状；体背蓝绿，体侧银白，有一些不规则、易脱落的细小圆鳞。最具特色的地方，是它们的头颅，两颌延长，细长坚硬。如青条、双针鱼、鹤嘴鱼、马步鱼、鱵姑娘，都是针良的俗称。

针良分公母。公鱼肚腩油脂多，入口香腻，让人满足感来得快；母鱼油脂虽少，肚腩里却藏着整根鱼子，口感甚是丰沛。会吃的老饕通常公母各买一条，搭配着做，平衡其味。

此鱼做法繁多，醋焖是一种，香煎是一种，葱烧是一种，另有包饺子、汆丸子等吃法。在青岛港上锦衣夜行，那些年的野馄饨摊上，通常会有迷你版针良鱼干——其实就是小鳞鱵，在炭火上滋滋冒油，烤到通体焦黄时相当折磨食欲，咬一口，外焦里嫩，肉质细腻，鲜甜之味满嘴盈动。

每年槐花一开，蓬莱那边的渔村就会放"针良船"。老渔把式说，过了这个村，没有那个店，说着，跟放风筝似的忙活开来：一个三脚架，两根小竹竿，中间是块小红布，拴上揽钩，用海鸥翅膀上的羽毛做浮漂，让它随风在海上漂去。逢好风好潮水，收线时，一二百条针良鱼就齐齐地咬了钩。

莱州湾沿袭着"晒鱼米"习俗，其做法与胶州湾"甜晒"略有不同。夏初，日照充足，苍蝇也不多，正是晒鱼米的好天气。人们将针良鱼洗净，撒上盐，加胡椒粉，上锅蒸，蒸熟后，除去鱼头、鱼尾、鱼刺，将散开的鱼肉摊放于竹帘或席箔上，剩下的都交给时间。晒干的鱼米鲜中带咸，无论做混汤面还是疙瘩汤，抓把鱼米扔进去，分分钟鲜掉眉毛。好喝高度烧酒的，更是离不开鱼米肴。游子远行，行囊里塞上一包鱼米，乡愁里也就有了清欢。

这些年做田野调查，我经常往来莱州湾。作为山东半岛最大的渔场，其滩涂富饶，泥滩、细沙滩、卵石滩遍布腹地，各类碱蓬丰盛茂密。一方面，黄河从那里入海，搅动起海岸海涂的大批生物繁衍；另一方面，湾内常有南北风梭巡，众多鱼群由渤海洄游索饵，形成鱼汛。

当地人深得大海灵性，几乎每个村子都有"鱼眼"——在没有导航仪、探鱼器的年代，"鱼眼"近乎一种专门的职业，从事者能通过季节变化、水温差别、水深、风向、海浪、海流、海涌、日月方位，以及水鸟种类、集群大小、悬空高低等等因素，来综合判断鱼群的位置、种类、群落大小与浮游方向。"鱼眼"之精准之神奇，是渔获丰收的保障，人气地位可想而知。

在古老的汪里村，我结识了一个退役"鱼眼"，他干黑精瘦，身体里的水分似乎已经被经年的海风全部带走了。我上前请教，他答非所问，加之牙齿没剩下几颗了，满口漏风，话语听起来含混不清。我甚至怀疑他在说梦话——"想当年，海豹海豚会在水中围堵鱼群，各种海鸟也在空中俯冲猎杀它们，经常激发出宏大的鱼汛场面……鸟和鱼本来就是一家子，信不信？"

为了让他继续说下去，我连连说："信、信！"忽然，他的口齿异常清晰起来，随之，两眼聚光，手舞足蹈——"想当年，各种海鸥、海雀、海鸭在天空飞旋，瞄准鱼群后，突然自天空猛刺下来，钻入水中，溅起一丈来高的浪花。又见大鱼小鱼摇头摆尾蹿出海面，飞向高空，离开水面有十几米。最闹最欢腾的是鱼和鸟溅起的水花，在浪涌的推动下，像水柱，像水帘，像水幕，像大雾！水鸟密集，就像下了锅的饺子,翻腾着,跳跃着,声如狂风暴雨震撼着八方啊!"

我被他的狂言镇住了。

那年谷雨,"鱼眼"刚结婚,喜上加喜的事情就来了——早晨出海,船才离开码头,就望见北面的天空黑压压的鸟群在盘旋,他就知道不用再往远处跑了,冲着村里喊:"赶紧撒网!"眨眼间,鱼群就过来了,直径上千米,几艘渔船合围,不断拉网,鱼一个劲地往网里跳啊,怎么拉都拉不动。这个时候,全村的人应声而至,包括老婆①孩子,在海边欢喜跳跃,很多人直接用抄网,甚至下手抓,向岸上扔,向岸上抱,还是抓不完,捞不尽。

① 编者注:"老婆"在胶东方言中意为妇女。

人们都笑疯了，根本不知道累！

"鱼眼"说，这是他这辈子看到的最大的鱼汛了。鱼在跳，鸟在叫，水花喷腾，好像天河下泻，风声、水声、人们的呐喊声，连成了一片，耳朵都快震聋了。很多人的网里有鸟，他再次强调，鱼和鸟都是一回事、一家子！

"鱼眼"的最后一句话竟让我得意扬扬起来。鱼和鸟都是一回事——在田野调查时，我着重关注过莱州湾特有的大杓鹬、长嘴鹬、棉凫、小滨鹬、黄脚银鸥、遗鸥、灰林银鸥、细嘴短趾百灵、叽喳柳莺和靴隼雕等鸟种，并且一厢情愿地去对应去寻找，总觉得鸟和鱼之间有一条隐秘的基因链。

两千五百多年前，庄子已经讲述了鲲鹏之变，那段话出自《庄子·逍遥游》："北冥有鱼，其名为鲲。鲲之大，不知其几千里也。化而为鸟，其名为鹏。鹏之背，不知其几千里也；怒而飞，其翼若垂天之云。是鸟也，海运则将徙于南冥。南冥者，天池也。"

难道不是吗？鸟群若非大海施放的秘密烟火，鱼群若非天空亮出的漂亮文身，它们如何会一样炫丽，一样令人迷惘？我好像梦到过这样一幕：鸟疾飞而下，降落在大海的肩头。鱼腾跃而上，斜靠于西天的胸口。忽然间，天空海洋都一一隐去，只有爱没有始终。

上钩吧，亲

月未到，老钓们已经狂野难耐。接下来都是好日子。鱼群从深海而来，一路追赶捕食小鱼，背负着繁衍重任，离岸越来越近，早就忘记了危险。老钓们凌晨租船出海，在胶州湾里转悠，漂浮拖钓，既能轻松获鱼，又无挂底丢钩跑鱼之忧，竿竿不虚。再远一点——其实也不算远，田横岛或灵山岛，莱州和日照，老钓们立于东风之中，提竿遛鱼，只听"呼啴，呼啴"，一条接一条地，鱼摔在甲板上，很快堆成了小山。

为什么要去风浪里找快活——甚至在外人看来根本就是找罪受。老钓们说得头头是道，甚至很有哲学意味。生活太平淡了，每天两点一线，活得像个机器人。而钓鱼的时候，整副身心都有种细胞复苏感，铮铮作响。不知道浮漂下面藏着的是条什么鱼，也不知道这条鱼有多大，备好的线组够不够结实……总之每抛出一竿，便有可能出现经验之外的事情。

又或者，长时间"无口"，浮漂如定海神针一般，突然什么时候往下顿了一目，难道此时你不激动吗？低头点个烟，转身上趟厕所，再看水面时，浮漂不见了，难道这一瞬间你不紧张吗？钓鱼并不是只有钓到大物才令人疯狂的，懂吗？

海钓与潮汐息息相关。所谓秋钓好，拂晓、黄昏时刚涨潮、涨半潮、刚回潮、落半潮，都是好潮水。一代代老钓，将潮汐起落和流向规律烂熟于心。农历初一至初七、十六至二十二为大潮，其他时日为小潮；大潮过后二至三天水较浑浊；农历十一、十二、二十五、二十六水最清；初二、初三、十八、十九水最浑……

仅仅知道这些当然不够，算潮汐，看地域，借风力，一代代老钓还要构建起精密的鱼群分布图——小青岛附近钓真鲷、黄鱼、黑头；团岛鼻钓六线鱼和黑鲷；小麦岛礁石区有鲈鱼、黑头、黄鱼、牙片、石九公出入，夜钓则有鳗鱼；薛家岛西北方三号浮多梭鱼、鲈鱼、黑鲷；以小公岛西南"王顶礁"为坐标，六线鱼、黑鲷、花鲷是主要垂钓对象；中沙礁，钓落不钓涨，根据潮位调整浮钩脑线长度，鲈鱼经常上钩。

胶州湾内外，大小岛屿如珍珠散落。岛周水域开阔清澈，鱼类繁多，是春秋两季洄游鱼类进退的必经之地。纯正的秋日里，可以重点说一说竹岔岛。这岛与城市近在咫尺，却又很好地保存了孤岛的静谧。一边与西海岸薛家岛相望，一边与脱岛、大石岛、小石岛构成竹岔岛群。其东南方与脱岛相距三百米，中间有一条十米宽的"马道"，退潮时可徒步往返。竹岔岛是火山喷发的作品，一半是海水，一半是火焰，岩石上仍有岩浆气泡和自然硅洞的留痕。

上岛只能乘船。老钓们在薛家岛南屯码头合租渔船，渔家同船护航。越早越有收获。四五点钟出海，天海之间还是未明的深蓝。

船到深处,太阳的上缘刚好与海平面相切,船体也被染成了熟褐色,灿橘的光斑在船舷上跳荡,只一瞬间,海面上就铺满了金光。恰逢黄姑、白姑①集结洄游,也恰逢石斑大力觅食——若是哪个秋季运气实在太好,可能会遇见六线鱼、黑鳗、星鳗、黑鲷、鲈鱼、牙鲷,而这种大年份,是要被老钓吹嘘一辈子的。

老钓们最愿意与三类人交朋友:渔具行老板、船主人、当地渔民。这三类人分别对应着钓具的专业、出海的保障、鱼情的搜集。"工欲善其事,必先利其器",只要舍得花钱,一个讲究的渔具行老板,会从一竿一线开始关照你,直至配齐钓箱、钓台、钓椅、钓伞;再从入门级扶植你,逐渐推进,步步为营。而一个船主人,要么拥有多年航海经验,要么是渔村拆迁之后从船老大变身土豪忽然闲下来浑身难受的主儿,坐上他的船,"鱼道"基本不会跑偏,选好钓点十拿九稳。当地渔民更不必多说,近水识鱼性,鱼的活动规律都在他们心中,甚至什么时候转风向,什么时候换鱼种,皆烂熟于心——

刀鱼洄游,春秋两季在黄海形成鱼汛。它们白昼栖息于水体中下层的礁丛区,夜晚开始垂直移动,组团到水体中上层甚至表层游弋觅食,以星辉为衣,夜行不止。

黑头②总是以不变应万变,典型的"坐地户"。因为喜深幽处,岩礁、藻丛、沉船、堤坝的暗部,都属于黑头的势力范围。老钓们知道,初夏、仲秋乃黑头渔获旺季;而一天之中,黑头的出动时间一般为天亮前和日落后。

---

① 编者注:亦称银姑鱼、白姑子、白米子。
② 编者注:胶东近海一种鲉鱼。

在三五十米深的海底，偏口①卧于砺石和泥沙之中，体色随环境变换，是拟态的高手。芒种过后，早晨或傍晚，它们侧泳，谨慎移动，往浅水地带产卵、觅食。老钓们以沙蚕和贝类投其所好，对于偏口来说，这或许可以叫作来自人类的经验和危险。

鳗鲡由深海向近岸洄游，枯潮时反之。白日睡于礁石的缝隙，夜出索食。特别是月圆之夜，海底被银光照亮，鳗鲡大肆出洞，夜宵开始了，最好有螺肉和贝肉。

鲳鱼产卵后，要在近海逗留到秋季，一天的大部分时间都在水体中上层活动。老钓们驾船来到岛礁的背流一侧，暗涌越舒缓，鲳鱼的食欲越凶猛，胃口全开。上钩吧，亲。

西城八大峡海域，有一老钓，姓孙，他的故事得从那条"加吉王"讲起。

是日大早，六点不到，老孙已经开始在海边用饵料做窝，以上好的北极虾做鱼饵，静候大鱼上钩。一直等到十点，仍没有动静。老孙沉得住气，不急不躁，只管盯着水面。突然间，漂沉入水下，长时间没有浮上来，上钩了！老孙顺势想把鱼拉出水面，

---

① 编者注：胶东近海一种比目鱼。

一用力,才发现,五米多长的碳纤维鱼竿被拽成了九十度直角!

这时,老孙意识到自己钓到的是一条大家伙。没有谁能抗拒大鱼的诱惑,老孙亦然。当竿子被鱼拉成一张满弓,他先是兴奋不已,随后又懊恼不止——早晨出门匆忙,没带渔网,此鱼力气很大,硬拉的话,恐会竿断鱼逃。凭借着多年垂钓的经验,他即刻想出了一个借力的办法:潮水涌向岸边时,顺着海浪把鱼往岸边拖;潮水往后退的时候,保持静止不动。

遛鱼足足十五分钟,老孙才将这大家伙拉上来。整个过程用"惊心动魄"形容并不为过。这是老孙做梦都想钓到的一条提气的大鱼啊——长七十厘米、厚十厘米、重六斤八两,梭形,黑色,头大口小。

摁住鱼,老孙定睛一看,鱼钩并未钩住鱼唇,而是挂在鱼鳃上,没有脱落实属万幸。钓友们和围观者都跟着激动起来。有的说这条鱼送到饭店能卖一千五,有的说一千八,你一言我一语就抬起了杠。老孙道:"俺娘八十大寿将近,这是大海送来的寿礼,多少钱也不卖。"众人一哄而笑,各自散去,钓鱼的继续钓鱼,打拳的继续打拳,逛早市的继续逛早市。

话说老孙乃"钓沧海"群主。别拿群主不当干部,老孙是认真的,经常"云开会",研究潮水,分享技术,制订垂钓路线。老孙从十二岁开始钓鱼,已经钓了近半个世纪,矶钓、船钓、迷钓、路亚钓……他是全活儿。老孙对饵料很有研究,曾原创《饵料经》,让众钓友受益——想钓石斑、鲈等凶猛物种,就得挂活饵。沙蚕、海蟑螂、蟹肉都是上好的鱼饵。海蚯蚓尤其被冠以"万能饵料"之名。福寿螺在野外容易寻得,其外壳较薄易穿钩,是一款不错的饵,通常用来打窝。以上种种都需要保鲜。以沙蚕为例,先将报纸打湿,再把沙蚕包好,冷藏存放,沙蚕可活七天以上……

认识的、不认识的、半生不熟的,因为共同的钓友身份和狂野玩心,在"钓沧海"群"虚拟"相聚,插科打诨,互捧点赞,猛发表情,继而一起团购渔具,分享经验,交流钓点。有时候,看新手有些兴奋得过了火,老孙也会泼盆冷水:钓鱼的设备越来越讲究,普通竿都一千多块钱,好的几万块,钓到的鱼却越来越少。现如今想钓到鱼,还真得选选地方。

秋后蚊子断腿，天黑前，老钓们赶到钓点，选钓位，调钓具，打好窝，静等最后一抹霞光收起。夜将黑色大氅披挂，世间万物浑然不见，一切都在接近安静神秘的入定。

老钓们暗中潜行，持一根鱼竿，挂一个诱惑抛出，以多方位的身体活动唤醒肌体属性，与海货拼智慧拼耐力，做蒙眼游戏，在哗哗涛浪中追忆久远的岁月，在流星滑落时感叹世事的无常，在海鸟梦呓里打开情感的底仓。

老钓们会尽量选择农历当月二十到下个月的初十的月黑之夜，无风，浪也不大。当偷饵的鱼儿不幸中招，拉动线组，挂在竿梢的荧光棒随之一晃，再一晃，或者铃铛开始急促地作响——不论信号来自视觉还是听觉，都会将老钓飞奔的思绪拉回现场。那时刻，海流隐秘处，也许是一个小东西在开玩笑，也许是一个大重物在耍无赖。若有凶悍者来犯，直来直去地夺饵，老钓须快如电闪般地抓住竿子，否则就是丢盔卸甲地难看了。

只有抓竿抖腕摆臂刺鱼之时，才知究竟何物来犯。小东西，拉上来，打个照面；大重物，拉上来，血脉偾张。若是白昼，可以清晰地分辨鱼线走向，主动控鱼。黑夜则不然，全凭猎人般的直觉和悟性，很多信息被黑夜消弭了，可供大脑汇总分析的少之又少。

梭鱼猎食凶猛，一身流线让它成为速度型选手，咬起钩来迅雷不及掩耳。石斑胖圆，大嘴咧开，咬钩无所顾忌，常常一动之下就归于平静，稳稳地开席了。黑鲷和白鲷，不同的季节呈现不同的咬钩动作，以夏秋时凶猛"点动"为例，大个头的会快速下压，小身板的是点动再点动；到了冬春，不论个头大小，都是偏沉静的。鲈鱼咬钩就一个动作，简单明了，竿尖快速下压，随后整根竿子都有拽拉感，一个看不住，直接飞入夜色里，沉入大海中。

最刺激的，当属似乎吱吱叫着奔窜的不明生物——它的惊魂脱逃，直接将老钓的自信拉入宇宙尽头。线组告罄拉断，一搏而别。嘻！一份对生命的尊重忽然溢满心间，老钓自己也未料到。难道不该失落和懊悔吗？不、不，这是成王败寇的生命过程，这是有得有失的生活写真，应该受到尊重。

即使钓到了鱼，也是一个收不抵支的赔本买卖。购渔具，办行头，一套下来，花费不是个小数。一趟出行，置吃喝，备鱼饵，又开车又租船，没个千儿八百不行。他们究竟图个什么？此中道理昭然可见，钓鱼之乐不在鱼，他们说——

"系钩，绷线，拴坠，挂鱼饵，那一阵紧忙活，如战前准备般快速而有序，让我想起当兵那会儿。"

"把一根根鱼竿抛向大海，点烟，闲聊，只有两眼紧盯竿头转动，不烦，不躁，那种特有的专注和沉稳，可以辅助治疗高血压。"

"若是鱼儿上钩了，把竿往上一提，让鱼儿把钩咬得更死，接着一阵阵滑轮转动，或快或慢，待鱼儿被提到甲板上的那一刻，真是志得意满啊。"

在 9 月

天光寸寸洇开，尺尺润出，如艺匠人扎染的绢缎，色彩与色彩的边界融合着，也游移着。或许早一刻，或许晚一刻，倏忽跃起的灿橘挑明了所有暧昧，转眼就是万丈霞光加冕，大海泛金，该发生的似乎都发生了。

9 月开海，永远是渔码头最忙碌的时节。卯时破晓，渔船满载回港，海货堆成了小山，越发熠熠生辉。相熟的鱼贩子早已在岸边等得不耐烦了，没等船停稳，就跳上甲板挑选成箱的鲅鱼、刀鱼、黄鱼、对虾、梭蟹，都是些能卖得上价的海货。财大气粗的经常包下七八条渔船。

马达突突直响，又一只船靠岸。几个鱼贩子不约而同地扬手甩掉半截烟，围上去，掀起一阵新的热闹。渔把式抓紧时间分拣、过秤。海货一箱箱、一袋袋地被搬上岸来，在炸雷般的讨价还价声中，被装车运走。沿途散落下的几只透明小虾满地乱蹦，运气好的蹦回了海里。下午三四点钟，另一拨渔船收网，以上情景再次上演。

卸完了鱼，渔船再出发。若有半天空档，男人们忙着搬运保鲜用的冰碴，女人们帮忙补充食用油、纯净水、生鲜蔬菜等物资。只有船老大可以回家看一眼，在母亲的面前，在陆地上站一会儿。然而用不了几个小时，他就要再次出海。海代表着无限的可能性，无数的方向，不确定的道路——而9月之海，似乎只代表丰收的良田和开掘的矿藏，拥有数不清的鱼群。

"开"，一个讨喜的动词，用它组合，与它关联，诸事都透着欢乐和期许。比如开卷、开业、开放、开通、开启。"开"的反义词是关、闭、谢、落，由此更反衬出"开"之勃发。每年9月开海，这一溜儿海岸线上，在册的六十一处渔港，积米崖、顾家岛、东大洋、沙子口、南姜、港东、青山、黄山、雕龙嘴、七沟、仰口、田横、周戈庄、黄龙庄……无不像过大年一样欢腾着，喧嚣着。海货一网一网，通过机械拉上甲板，船老大的心脏已经跳到了喉咙，解开渔网绑绳的一刻，无异于打开了盲盒。

我在码头画速写，侧锋中锋偏锋，笔笔叠加。画面中的渔民，是无数渔民的混合体，额头上刻满了航道，满脸粗暴美学，海蚀风蚀之后，像雕塑一般呈现出金石之气。他们身旁的大海，是无上的基座，是人类的子宫。我的脑海里开始回放古老的渔歌，有领有合，朗朗上口，随潮汐起伏。潮汐有多跌宕，渔歌的层次就有多丰富，生命之铿锵大抵如此。

朱老大来自琅玡镇胡家山，他跟我讲起了"跟流捕鱼"。有时逆流逆风，有时顺流逆风，顺也好，逆也罢，不控制住速度，是无法探寻到鱼窝的。有旋涡的海流是渔家最爱的"裤裆流"。旋涡怎么来的？自然是两股海流互相冲击而来的。这种情况下，海水的溶氧量增大，海底生物多，多种诱惑下，鱼群自然也就多了起来。在海上，朱老大让我用肉眼观察，一旦发现海面上有漂浮物滞留，久久不散，便是交汇的两股海流形成了一方特殊地带。两股海流还可以形成"水障"，将鱼群集中起来。当年没有任何科技设备，朱老大的爷爷出生入死，用一辈子的时间临摹抽象的海流图，铭记于心不算，日后传授给儿子、孙子似乎更为重要——海流是鱼的交通要道，若把网下到了流外，便收获甚微，赔本饿肚子都是眼前的事……

到了朱老大这一代，他已经拥有两条四百八十马力的大船，船体二十八米长，雷达、鱼探仪、北斗导航等一应俱全。开海后，鱼汛密集，他驾驭着大船连夜拉网，每天早上靠港，带回鲜货。靠港前，他将海货的照片发给老婆，老婆在朋友圈里预告，海货很快便被大小鱼贩、酒肆老板和附近居民订购一空。每年秋天，是朱老大最开心的时节，鱼群是他的，星月是他的，撒网的时候，他扯着嗓子吼了起来，浑身上下都有一种风来则应、风去不留的自在。

得自然馈赠，黄海一百海里以内的鱼，无不鲜美可口。朱老大似乎在透露某个秘密：黄海大陆架以花岗岩为主，一百海里以内的海底是岩石生态，一百海里以外就是泥沙生态了，岩石生态海域海水纯净，鱼儿吐纳清新，腥气少，肉质嫩。

这一边是船老大的喜不胜收，那一边是半岛人家的口腹满足，二者汇聚成真切的幸福，绕长风而行，沿街巷流动。清蒸让秋天的虾蟹获得了食物所能得到的最高礼遇，标榜着用料上的简约主义。要知道，并不是所有东西都适合清蒸，比如要有极高的鲜味、健美的形体和安详的神态。

即便没有时间奔赴城外的渔码头,城中的东西南北,还有数个农贸市场来保底,让无论居住在哪一方的半岛人家都可以就近逛逛,买几样当季的海货回家。章鱼叫八带,牙鲆叫牙片,鲽鱼叫鼓眼,鳐鱼叫老板鱼,黄鲫叫黄尖子,鰕虎鱼叫逛鱼,鮋鱼叫黑头,黑鲷叫黑加吉,鳕鱼则叫大头腥……人们直接使用当地渔村的俚语,这些入乡随俗的名字,像一个个居住密码——是本地人还是外地人,在半岛待的年头多与少,都能从中听出个大概。

除了叫法任性,做法也各色。以秘制烤鼓眼为例,之前是要下一番功夫的:鱼去皮,用料酒、葱、姜、盐和花椒腌之,再风干。烤,更见讲究,鼓眼放在炭火上,抹猪油、葱油,九成熟时,撒辣椒面、孜然面,继续烤,最后再抹少许葱油才算完成。鼓眼肉虽不如鲅鱼肉厚,却更紧致,入味深,有嚼头。顺着鱼肉经纬,一点点用手撕着吃,最好配当日鲜啤,一仰脖,就幸福了。至于明天的事情,明天再说吧。

整个秋天,我都不肯离开半岛。一片片海,一个个码头,都让我发呆和出神。我甚至能听到一种声音,那是盐从空中静静地覆盖下来,嘈杂被消弭,烦琐被精简,有那么一刹那,人们纷纷停下来,不慌,不忙,不俗,也不老了。

时间黑洞

守着一片老海,青岛老城的最西头有一间神秘的客栈。客栈坐北朝南,下午三四点钟,光线便暗了下来。它是德式老房子的一个拐角,一百年过去了,斜坡红瓦已经变成褪色胭脂,镂花的黑铁门锈死在半空。

里面的情况更糟。老橡木地板吱呀作响,腐掉的部分已经补过,看上去非常突兀,像那些命中注定的遗憾。长窗早在四面撒风了。能体现匠艺之美的,是紫铜窗栓,明眼人一看便知,老物件。刮台风的时候,这样的长窗或许会被坏天气夺去部件,可台风一走,沧桑感又变得值钱起来,毕竟都是有钱也买不到的东西。

面积相当狭促,除了挑高极好。客栈主人只能在纵向里找空间,搭出二层,分割成七间微型舱房,倒也小出了自己的风格。推拉门一开就是窄床。床单蓝白相间。床头饰有硕大的凤尾螺。背包客穷游至此,卸下疲惫,枕着潮声,小度几宿。

舱房客满的时候,三更隔墙聊天,背包客们好像登上了同一条夜航船。他们说,当初是被一种感应召唤了,或者,是被一种场的磁力吸引住的。分明已经走了过去，余光所及，才猛然惊觉，好像错过些什么，赶紧倒退几步，转回身，前来探个究竟。

客栈门口看不到任何幌子。一时间，无法确定这是个什么地方，里面有何名堂。率先打动他们的是两个舵轮，斜靠于窗下，以风浪文身。舵轮旁边是老锚，抓力未曾消解，海蛎子附着的痕迹还在。又看到一辆老式二八自行车，没有车轮，前桥后桥固定于缆桩。车筐里后座上，摆满了草本植物，有百日草和三色堇，也有玉簪和粉掌。一只皮筏艇倒扣于门楣，上面扔两副桨——整个组合迷茫，苍旧，神秘。大航海的蛮荒感，后工业的颓废感，乌托邦的田园感，叠加在一处。

推门而入。背包客愣在原地，终于发现自己掉进了洞穴一样的杂货铺，里面灯光昏暗，气味复杂。嗅觉敏锐的能从中分辨出淡淡的猫尿臊气。

想做梦还是想睡觉？

背包客愣在原地的时间或许有点长。客栈主人的第二次打问，语气中已经有了不耐烦的成分。

答案到底是做梦还是睡觉，就像接头暗号正确与否一样让人紧张。答对者，基本属于暗黑美学分子，人生充满了实验暗示。很显然，此地不适合睡觉，只适合做梦。睡在这里，若不做梦，倒成了一件奇怪的事情。

就这样，枕浪做梦十数年，孤本一样的小客栈成了打卡地。更有一堆梦话在网上疯传，撩拨着那些文艺心脏。比如这段：客栈主人是个怪物，似乎跟时间过不去，他四处淘换西洋老钟表，摆在客

栈各个角落，每逢整点，钟声大作。最壮观的是正午与子夜，阳光里的十二下和月光里的十二下，热烈与凛冽都到了极致……

有钱没钱的，中国的外国的，只要是不按常理出牌的，都想来住上几宿。旺季更是一床难求。住不成，不打紧，退而求其次，看看杂货铺里的门道儿，赶一顿粗暴海货——据说，那张老船木桌子可是被全世界的哈喇子包过浆的。

客栈原先没有名字。背包客们凭个人玩味喜好，起了不下二十个：枕浪客栈、老人与海、时间黑洞、钟表杂货铺、有只黑猫、舱房白夜……纷纷扰扰，很有才气，很任性，也很乱脑子。

客栈主人老赵，一个离开大海不能活的主。

初秋某天，老赵把可容纳两个人的舢板扛在肩上——其实是从旧货市场淘来的军用登陆皮筏，头戴二手户外夜间作业头灯，穿着二手的专业潜水衣，二手的潜水脚蹼挂在胸前，往栈桥东侧的小滩涂走去。

老青岛都知道，栈桥东侧的防浪堤下面，至今仍有一个德占时期修建的地下泄洪暗渠入口。一个多世纪以来，暴雨后的老城从无长时间积水，正是拜这些暗渠所赐。当年，德国人慢工出细活，就地取材，用人力铺设，其空间宽阔到可以跑解放牌汽车了。

半生玩海，老赵心中藏着各种精密的海图，包括扎猛子的堤坝、钓螃蟹的秘地，这些都是他万无一失的生活构成。话说这次老赵满身二手装备，到栈桥东侧的小滩涂上玩点什么呢？原来，他算好了潮水，要划着军用登陆皮筏，划进早已无人进入的水空间——那个德国人留下的泄洪暗渠，青岛早年先进的城市化标志物。

恰是退潮后的三小时，水位适宜。若退到了底，没有海水为老赵提供前进的水路，他只能走进去。若涨潮，老赵会被海浪冲撞到暗渠壁岩上，那种情况就等于不要命了。

即便是平潮期，暗渠内仍是风浪紧。空间带来风的回旋，也带来声音的狰狞，海水拍打四壁，忽而嘶吼，忽而低鸣。这城市的腹腔，这浩大的地下，海蛎子丛生，各种长相怪异的海生物不断穿梭，似乎在扩散消息：一个外来者，闯入了秘密的王国。

老赵往普集路划着，那是暗渠的另一个出口。从栈桥到普集路，属于暗渠最开阔的段落，宽和高都达到了三米，之间岔口多布，与路面有着近似的走势。越往前越黑了，幽暗是最大的布景，黑色是全部的颜色。老赵头顶上的二手户外夜间作业头灯，照耀着他咫尺前行，像探秘，也像寻宝。有时候，划到顶壁低的地方，他需要提早做出反应，平躺在皮筏上，方能安全通过。

平潮期只有一个小时的时间。他用半个小时划出了一千五百米，体力渐渐跟不上了。忽然，风，打着旋，呼啸而过——不知道风来自哪里，它们骤然而起，无从消解。也许是气流，也许是气息，从城市地表的缝隙中灌进来——那是只有蚂蚁才可以出入的缝隙啊，却于千万处汇聚成尖叫。老赵瞬间感到了湿冷和咸腥。

夜光手表提示着时间，必须返程。老赵要用剩下的半个小时全力拼回来路。不然，海水一旦上涨，他就出不去了。

回途，他已经体力透支，完全凭借意志朝着新鲜海风与光亮处划去。离出口还有十米的时候，他已然感觉海水掀动起来，涨潮了！

老赵没钱，却会玩，玩的都是些花钱买不来的自由愉悦。每天喝散啤，吃海货，一年有大半年的时间可以玩海，就这样从少年玩到了中年后期，玩成了海边的闲人和神人。守着客栈，许多年过去了，左邻右舍不停地开张关张，幌子换了一茬又一茬，独独客栈还在——年轻的不富裕的背包客走进来，与怪物一样的老赵聊完天，满足地倒在窄窄的单人床上。

天黑以后，站在客栈门口，视线穿过行道树和纷乱的电线，在各种现代建筑的缝隙之间，竟然可以和小青岛的灯火完整对接。老赵不无傲慢地说："只有守塔人和我，知道小青岛引航灯的明灭规律。"

至于那些西洋老钟表，老赵每年都得卖掉一两个交房租，否则只能搬离。不舍得卖，也不舍得搬，咬咬牙，最后还是卖了。

原乡的风骨

　　海在东面,日照城往西。夏天,季风从太平洋上升起,沿东南方向切入日照城,裹挟着潮声、船歌、种子、海怪的传说和果实的香气,千百年来不曾更改。

　　有了好风,日照城里就不黏稠,不拥挤,光芒在每个清晨流淌,在每个黄昏成为市井的包浆。日照人在大街上行走,在工地里劳作,在写字楼中商洽,把笃定和知足缝进绵密的日脚,就像祖辈在海上撒网,在码头"收山"。

一代代生命史以大海为背景日渐完整,这是日照人的特权——他们把孩子撒在滩涂上,让他们用整个下午建造起童年的城堡和宫殿,似乎不惧潮水的摧毁。他们的母亲在海边的公园里舞扇,父亲早已不再出海,却喜欢吹嘘浪里奇事。少年人在海雾弥漫的日子里完成潮湿的初吻。中年人变成经验主义者以后,习惯把双手反剪在身后。哦,我的城,我的海,我的青春。

日照的野海还在,嘶鸣吼叫,声势千里,置身于它的绝对苍茫里,仿佛就能立即回到它的全盛时代。当后工业、高科技、电子网络以各种几何形状挤压海岸线的时候,保有一片野海,等于保有了一股永不驯服的野力。野海甚至符合神话的所有气质,瑰丽又虚幻,悲伤而傲慢。离家经年的日照人,在野海面前,仍可以做一个归来的少年。穿戴起熟悉的海风,日照就是他们含于口中的一粒沙,噙在眼里的一滴泪,锁在胸口的一趟深呼吸。很多事情变了,野海的忠诚没有变,野性之美仍在反复深耕着原乡的风骨。

日照看滩,烟台看仙,青岛看城,威海看湾,这是山东半岛坊间素有的说法。在万平口、王家滩、李家台、松虎湾……人们的目光有了抚摸的去处。当万平口的金滩铺展出游戏感,四面八方的游客把自己摆成"大"字,思绪伸张为纷披的触须,阳光狠狠地透耀着,他们便如晶体般澄澈起来。"若不是这次来日照,我不会相信人类是鱼变的。"一个中原口音这样说。

中原人脱下外衣,把裤腿高高地挽起,走过黑魆魆的礁岩,他获得了额外犒赏——礁岩丛之外竟有一片彩石滩,铁红,雀蓝,杏黄,云灰,柠绿,胭粉,月白,一定是神仙来染过色!中原人惊呼起来。

中原人不知道,卵石一旦被带走,带离大海,带离日照,带离万平口,带离滩涂,带回去洗净晒干,奇异的花纹就会消失,面目模糊,灵性潜隐,混沌如路边荒野的随便哪一块石头。只有到那时候,中原人方才明白,这些石头无法带走,否则就像离了故土故根的花朵,萎蔫凋敝,都是一瞬间的事情。只有留在原乡,经年累月地水养沙摩,淘洗修行,才能灵秀如玉。石头也是有灵魂的啊!

岚山头在日照的东南端,南北海疆以此分界,自明代初期就是重要商埠和海防重镇——安东卫,与天津卫、威海卫、灵山卫并列为中国"北方四大卫",内控鲁苏江淮辽阔腹地,外临大海,扼高丽、日本诸国往来咽喉。

海陆交通的发达使南北商客络绎不绝,明代《安东卫志》记载:"嘉靖初年,西大街三、八日为市,北大街一、六日逢集(后废)。嘉靖二十年,西大街三、八日大集。"至今日,安东卫海货城仍是全国十大水产品交易市场之一,辐射十多个国家和地区。早在1996年2月就被国务院认定为"全国最大的海产品交易市场",入列"中国之最"(1940—1995)。

古东夷文化沉湎在岚山头的基因里,先祖追随太阳而居,世代与渔,确认着与自然的古老关系——相互供养,彼此敬畏。渔村的古老名字无不尘脱俗,官草汪、大阡里、胡家林、杨家庄子,或凭周边地理寓意而诞生,或因了某个传说而执念,或承载着渔村血脉的演化,又或者不过是祖辈在海风里脱口而出的一声招呼、一个应答，咸咸的，几代人不敢丢下。

群山在不远处堆叠，渴饮大海的心灵，永不满溢。若能回到风帆时代，我愿意每天穿过古老的渔村，沿着倾斜向海的阳坡，任大大的日头把我晒黑，硬硬的海风把我吹瘦——我不在乎，那种时候，我只关注耳朵的收成，因为船歌号子响起了。尤其在日落时分，沿着灿橘流金的霞光，渔家满载归来，整个岚山头镶嵌在船歌号子里，渔家的女人和孩子安心地在大海边坐巢。

船歌号子是渔家的信天游，那些唱响于远海的仿佛隐喻着另一个神秘世界的存在，近海的则是召令。六七个人的一条船上，六七个人一起喊着号子，气力往一处集结，才能把船推出去，把鱼拉上来。繁重的劳作一天天重复，经了海蚀风蚀，渔民身上仿佛呈现出铁雕塑一般的锈迹。

岚山头的号子欢快、高昂、轻缓、低沉。撑缆号、箍桩号、拿船号、推关号、撑篷号、棹棹号、打户号、悬斗号、淘鱼号、溜网号、点水号……根据劳作场景、时段和方式的不同，号子多达几十种。没有机械助力，全凭劳力和心力，每一步都不能有差池。干什么用什么号子，号子越高越有劲，难怪岚山当地渔民称之为"打号子"。啊、嗨、嗷、呦、哎、啦、唵……当这些音符组成了岚山号子，十万梦幻的马匹就在大海之上腾空而起。

以岚山号子做引言，接下来，我想做一个曲谱分析者、方言考察者、史料研究者，在大海的牧场里，在月亮的银簪下。

船老大风浪史

不黑，不糙，不直接，不粗暴，就不是他船老大。海上行路，船老大须有这种霸气和匪气——撒网的时候，他目中无人。撒网的时候，他有自己的坚持。他和大海的关系，有点说不清，是母子，是病人与医生，是选中和被选，是互相供养，是修正以及完成。也因此，他的每一次收网，都是真相被撕开。

胶州湾里有数不清的船老大。那是从前，从前的鱼也更多。船老大自小学习如何在海上航行。父子出海不同船。他可以跟爷爷学，也可以跟他的伯叔或舅舅学。他的源头在岸边，他的去路却必定在海上。长大以后，他一路向西，一路向东，一路向北，一路向南——他一意孤行，出了胶州湾，到更远更野的海上去，用身体丈量涌动的滔天大浪。置身风暴的中心，他把自己抛了出去。

与船老大见面或告别，不要说"你好"，也不要说"再见"。这种话实在外行。见面时问"顺风"，告别时道"满载"，为船老大的下一次收山讨个口彩，方合时宜。请船老大喝酒要让他坐首席，菜端上桌，须将鱼头对着他，祝愿船老大能拦住鱼群之头。上了船老大的船，规矩就更多了——吃完饭不能把筷子平放在碗上。筷子叫"篙子"，倒了怎么行。船上吃鱼，吃完一面，吃另一面，不能叫翻过身来，这个时候，"翻"要叫"转"。张网时不许在橹前吐痰。如果犯了忌讳，就要用草纸擦嘴，一边擦一边念叨，"龙王在此，百无禁忌"。

船老大穿戴着海风，额头上写满了曾经的航道，有深有浅，有激流也有暗礁，总是跌宕曲折，没有一条直线。至于那些不期而至的风暴，已经被他深深锁进了眉宇。在海上，他驾驭一艘船，他是船的永动机。在船上，他带领一帮水手，他是水手的精神陆地。他眼神深邃，辽远，就像海。没有人知道他真正经历过什么。

船在移动，但伫立在甲板上的船老大，他的第一个黎明和第十个黎明却没有区别。单调、孤独和隔离，常常使船老大失去参照系。他强迫自己记忆着日出日落，识别每个星座——每时每刻都要对自己所处的时间和位置作出准确判断，否则将永远无法离开大海。

我很愿意去结识一些船老大，结识活态的海上样本。他们是自然中的行者，面对大海，吟咏不止。

在西海岸积米崖的海风中，我结识了斋堂岛石家两兄弟，一个四十八岁，一个四十六岁，在海上行走了三十多年。面色黝黑，沉默少语。这是两个标准的船老大，拗不过我的问题纠缠，却还是惜字如金。多去几次，成了熟面孔，石老大的话匣子才算打开。石老二一直缄默。

兄弟俩去年换了两条四百马力的铁壳渔船，是一对拖网渔船，去年9月伏季休渔结束，第一次出海就被刮了渔网。石老大说，那次是做了充足准备的。新添置的漂网,一具就要四万块。备下了二十多人半个月的口粮。加油、加水、加冰,更加了祈福和愿景。石老大一直是同行眼里"很稳"的人。中午过后,渔船在鞭炮声中纷纷驶离,石老大却丝毫没有出发的意思。因为他心里没底。海里有什么,这几年他的问号越来越大。等别的渔船先出去,看看哪里行情好,再确定目的地也不迟。直到下午五点,他才招呼伙计们解缆、起锚,随着船头的一阵鞭炮脆响,两条渔船一前一后,相随着离港,往灵山岛以东海域驶去。

"老二下的第一网。五分钟后,我的船靠上去,伙计们将连接漂网的一根铁索绑在船上,两条船相隔二百二十米,网张开了。"

一张长一百五十米、宽一百四十米的大网在水下发起围攻。两船减速并排前行,至于往哪里走,就看石老二根据探鱼器做出的判断了。下网后一般要过两三个小时再收网。趁这个空当,伙计们赶紧吃饭,再到铺上眯一会儿。

浪越来越大,渔船摇晃得也越来越厉害。晕船是新手最难克服的问题,就算是经验丰富的老手,在岸上休整一段时间后再出海,大多也会晕头转向,一时难以适应。

为了让开海第一网打到更多的鱼,讨个好彩头,石老二拉着渔网在海上航行了近四个小时。晚上九点半,开始收网,辊子在发动机的作用下迅速转动,将网绳一圈圈缠了起来,半个小时后,渔网开始浮出水面。在这过程中,石老大一直伸着脖子注意拉网的动向。整个网兜被拉出水面后,石老大的脸色有些变了,多年的经验告诉他——这网鱼不太多。

随着渔网打开，捕捞上来的海货"哗"的一声倒在船舱一角。除了少许鲅鱼、刀鱼，其余的大都是很小的鳀鱼，这种被叫作海泥鳅的鱼，拉回去只能当鱼食卖给海边的养殖户。

"我粗略一估算，鳀鱼五千多斤，鲅鱼五百斤，刀鱼一百斤，黄花鱼和鲳鱼只有十几斤，能卖五六千块钱，但这趟出海保本的费用是三万块。"

开捕第一网就不理想，石老大发号令的声音明显大了起来，几名伙计的心情也都不太好，只闷头将鱼分类，装箱，放到仓库里，覆上冰。

"老二的第一网很不理想，我准备自己好好拖一网。可是，伙计们刚把漂网下到海里，渔船就有些吃不动，越跑马达声越大，烟囱冒出一股股的黑烟。坏了，好像扎进海底泥滩了。"

"赶紧收网！"石老大连忙拉响船上的铃声，船伙计们纷纷起身跑向船尾。"这时已是次日凌晨，船上的新手干活不麻利，我急得嗓子都喊哑了，只好从弟弟的船上调人过来支援。"

会补网的只有一个。渔网太长了，没有十几个小时补不好。船上摆弄不开，最好找个码头靠一靠，到岸上补网。补网的向石老大建议。石老大看了看定位仪，只有竹岔岛离得最近。以前从来没在竹岔岛靠过岸，也不知道什么情况，可是已经没有其他选择了。

石老大通过对讲机告诉弟弟要去竹岔岛补网。对船就是这样，要时时在一起，谁也离不开谁，石老二的那条船只能陪着到竹岔岛。如此一折腾，损失的不只是网具和油钱，所有雇工的工资都是按天结算的，少打一网，至少要损失五六千元。

凌晨两点。石老大和石老二的船靠上竹岔岛码头,船伙计把损坏的网具拉上岸,挑灯夜战,连续作业。三个小时过去了,天色也渐渐亮了,几个伙计仍在码头上修补渔网。"竹岔岛的居民看到有铁壳渔船停靠,纷纷跑来买海货。岛上的渔船马力小,跑不远,平时拖的都是蛎虾①、虾虎②,拖不到刀鱼、鲅鱼这类东西。"

从凌晨到下午两点多,损坏的网具才彻底修补好。白天鱼群都躲到海底了,晚上才能出来。石家兄弟一商量,干脆停泊在码头,到傍晚再出海拖网。

"海上真是不可预知啊!"我唏嘘。

"习惯了。"石老大一脸寻常。

"那一趟岂不是赔大了?"

"后面几网总算打了个平手。"

石老大接着讲。转眼到了下午五点。从竹岔岛向西航行了两个小时,到达灵山岛南侧海域,天色已黑。没想到各种渔船的集鱼灯将海面映得通明。石老大起初担心海里没有鱼,当看到探鱼器里面密密麻麻的小点后才稍稍放了心。

晚上七点多,仍然由石老二的船先下网。石老大顾不上吃饭,一直盯着探鱼器。两条船一起拖了三个小时,又用了两个小时起网,满怀期待的石老大发现和第一网收成差不多,净是不值钱的鳆鱼和海蜇。

---

① 编者注:青岛近海一种虾类,有文献称"鹰爪虾"。
② 编者注:即虾蛄,又称琵琶虾。

离天亮还早,还有机会翻身。第三天凌晨一点,石老大决定从自己的船上下网,让石老二的船帮着一起拖网,两船并行。直到凌晨四点,最后一网开始往上拖。"眼看天光放亮,我让老二的船先回积米崖港。刚开海,卖的就是个新鲜,早点回去靠上码头,能卖个好价钱。"

当最后一网全部倾倒在船上后,石老大松了一口气。这一网的货好,能补上前面的亏空了。返航归港的途中,船上伙计们抓紧时间分拣,鲅鱼、刀鱼、鲳鱼、黄花鱼等分装在不同的塑料筐里,每当有大鲅鱼,伙计都会拎起来向驾驶舱内的石老大展示。老大脸色好,伙计们也开心。鲅鱼身子骨比较脆弱,放外面时间长了就破肚子,卖不上价钱,需要赶紧放进冰水围栏里,这样可以保持新鲜和卖相。

随着一箱箱新鲜的鱼都运送到岸上,这趟出海终于落下帷幕。石老大算了笔账,油钱、雇工、网具等各项成本是三万块,一共拖了四网,其中一网什么也没有,其他两网情况也不好,只有最后一网收成不错,能卖一万多块。这样下来,两天拖四网,一共赔了五千元。虽说赔钱,但凭着最后一网,石老大心里有底了。

海里越忙,岸上补网的就越忙。整个9月,在渔港码头现场,最不可缺少的就是补网人,他们躬身坐在渔网中间,顾不得烈日炙烤,无影神手一般上下引线,快速穿梭。船伙计也有渔网修补的分工，老大怕耽搁出海时间，更多的是交给专业补网人，一小时四十块，一个月下来，平均每个补网人能挣七八千块。

开海之初，刀鱼、鲅鱼、面条鱼[①]、梭鱼、鲭鱼、黑头、黄鱼、红头鱼[②]等都能捕到，八带、蟹子、笔管[③]、虾的收成也很可观。运气好的船老大，三四天回来一趟，每次光鲅鱼就能捕七八千斤，还有七八百斤刀鱼。恰逢中秋，市价与行情日日走高，靠岸即被一抢而空。只叹好时光总是消失得太快，只一个月便黯然失色了。10月份以后，出海的收获越来越少，除了能捕到少量的红头鱼、杂鱼、八带外，鲅鱼基本上捕不到了，刀鱼更是无影无踪。

出海时间也开始延长，每次四至七天，船装不满鱼，不敢返航——以石家兄弟的两条四百马力铁壳拖网渔船为例，出去一趟，光是柴油就要准备一百桶，每桶二百升，冰块要加十五吨，船上工人也有二十个左右。成本太高，没有收获谁也不敢轻易回来。

"年轻时可不一样。那些年鱼多，鱼种杂，船根本不用跑远，涨潮的时候，在岛子周围转悠个把小时，就能打上三四百斤，鳘鱼、鲅鱼、大黄花，都是叫得上价钱的。"今非昔比。现在的船老大每天都承受着巨大的精神压力。如果决策失误找不到鱼群，亏本就是眼前的事。

除了鱼少的问题还有人工的问题。在船上，都是一人一个坑，一个人撂挑子不干了，会影响整条船的捕捞作业。越是没人干，工

[①] 编者注：学名玉筋鱼。
[②] 编者注：也称红娘鱼。
[③] 编者注：当地一种小鱿鱼。

资越涨；越是涨工资，成手的伙计就在好几条船上来回跳，这已经形成了恶性循环。船老大挖来挖去，成手的伙计跳来跳去，最终大家都在这条链上承接着相互作用力。

技术条件越来越好了，出海仍是大体力劳动，又苦又累。谁也不知道下一趟出海会发生什么。渔家后代已经没人愿意跟着父辈一起打鱼了，他们通常都在城市里读书或打工。船老大只能靠涨工资吸引外地人来干。而那些留下来的外来者，在我往返积米崖渔港的那个秋天，眼见着他们每出海回来一次就黑一层。经过严重的脱皮，黑色便也渗入了肌体，再出海再黑下去，再起泡，再脱皮，直到百毒不侵。

"在远洋，大多时候就算没有风也会有流，你以为自己不晕船，但天生出海不晕船的人不到十分之一。一般人刚入行，都需要一年时间才能适应，这一年时间里吃不好睡不香，还要熬夜工作。跟我一起上船的五个老乡，出第一趟海都吐出了苦胆汁，回来就是说啥也不干了。"做木耳生意赔光了本钱的小张来自东北，想下半年通过出海把本钱挣回来。海上捕捞不分昼夜，二十四小时连续作业是常有的事。

四十五岁的潍坊寿光人老王出海已有十几年，最拿手的绝活就是修补破损的渔网。因是绝活，工资也拿得最高，一天八百，出海打鱼四五个月下来能挣十来万。他说，要不是为了家里上学的孩子和生病的老人，他不会当渔民。

在为数不多的当地人中，有个叫老高的已经做到了大副，深得船老大信任。据说他以前在企业上班，效益不好，被裁，就当了船员。

他在海上已经待满十六个年头,从船员开始干,一直到后台、机舱、大副。一年出海的收入五六万,休渔期就出去打零工,很累,但是挣钱多。老高准备干到六十岁就退休,现在拼两年给闺女挣个嫁妆钱。

停靠积米崖渔港的渔船有一千多艘,小雪节气刚过,大部分船老大已提前放弃出海。天冷以后,捕鱼已经没有利润可言,不如回港休整等待来年。海洋性气候的11月底并不冷,但船老大心理上的寒冬来得更早。"以前都要进了腊月门,才歇歇准备过年,现在提前一两个月就不再出海了。这个季节只能捕到鳀鱼和少量鲳鱼,出一趟海肯定赔钱。好在国家对出海的渔船有燃油补贴……"

海洋资源逐步匮乏,国家一直鼓励远洋捕捞,引导更多的大马力渔船去深海作业。中西部太平洋、印度洋水域的金枪鱼资源,北太平洋、东南太平洋和西南大西洋公海的鱿鱼、秋刀鱼等渔业资源,已成为开发的重点。这也预示着出海的周期将变长,更加考验渔民的意志。每出一次远海,都要老去一大部分细胞。

我问他们是否想过改行。改行?他们反问——入行难,改行更难。给别人打工,要被各种条条框框限制。从祖辈开始,打鱼闯海的就自由惯了。继续当船老大,是最好的选择。

日子总要过下去,而人在变老。我知道,老了的船老大,有无奈,有疲惫,他已清醒地看到在大海的命运,在这里胜算渺茫。可是,在海上走惯了,决绝辞别,他会生病的。唯有耗尽一生,愿赌服输。

渔船停靠在码头,首尾相连,几乎连成了一片陆地。除夕夜下过一场雪,朔风飒飒,船旗猎猎,更衬出春联的新艳。

鱼在风中歌唱

窃以为，驱车过胶州湾海底隧道，是件很酷的事。尤其在深夜，在海平面以下82.81米的地方，我无法摆脱对于平行宇宙的想象。车里回荡着老男人科恩的歌声，他在用超低音粗粝模拟海洋的呼吸，咽咽，喈喈，仿佛来自远古——这种时候，把自己当作潜行的大鱼，会是一件容易的事。

大鱼如我在胶州湾潜行，兼做西海岸新住民总也有七年了。在小珠山南麓，一个距灵山湾直线距离一千六百米的地方，写字，画画，翻山，望海。七年来，东西两岸来来回回，我通常选择两个时间段，清早和深夜，要么红尘未曾动，要么星月正当空。这两个时间段里，车很少，路更旷。天，越开越亮——或者，夜，越开越深。

每次出隧道口，不必直奔小珠山。我故意绕行，去绘就一张新的人生地图，并享受这种相互收割的欢乐过程。如果是初夏的早晨，我会打开车窗，深嗅盐味的海风，同时往环岛路甘水湾方向。那里是眺望东岸的绝好位置，南至左披嘴，北至象嘴，南北长三百米，湾内水清滩平,无风无浪。

环岛公路全长四十二公里,随山势蜿蜒起伏,十步一曲,百步一湾,像极了与大海勾肩搭背的兄弟,分也分不开。崖岸土坡上,有成片的野生草本植物,以荻花和野山菊为多。从甘水湾往西,会路过金沙滩、石雀滩和银沙滩,沿途分布着多个原生态渔村,渔舍错落,家家户户都贴着对联,房顶上的红色小国旗随风飘动。

鱼鸣嘴在西环岛路尽头,陆地终端的海岬上。初识这个渔村,内心怦然一动,好像听见了鱼在风中歌唱。或许因为迷恋,便常来此做田野调查,跟鱼佬儿聊天,请教何以得名。原来,此处水深域阔,不冻不淤,鱼汛时可以听到鱼鸣之声,在深蓝深处,在神秘的夜里,黄花鱼和黄姑鱼叫个不停。鱼佬儿说,很多年以前,夜里在海上听到的都是这样的声音,咕咕咕,咕咕咕,如窃窃私语,绵延数里长,他总要开心地听上一段时间,才肯下网。

"很多年以前是哪一年?"

"上世纪60—70年代。80年代早些时候也算上吧。端午过后,麦子拔完,颗粒归了仓,黄花、黄姑产下卵,就开始吃饵喽!每年第一次来的鱼,味道最好。第二、三次来的鱼就慢慢变小了,味道也没有前面的鲜美。"

会歌唱的黄花鱼,通体明黄;会歌唱的黄姑鱼,

红铜泛黄。一个像身着黄衫的皇家公主，一个像身披金甲的威武将军。这二位的靓和帅在鱼类里是出类拔萃的。黄花鱼白天喜欢附着在泥沙底质海区，深海海沟是它们的窝。黄昏时，它们开始往海面上升，似乎为了月亮和星星，黎明前再次潜回海沟。每年春汛洄游，黄花鱼在山东半岛集结，3月下旬过石岛东方海面，4月上旬到达龙须岛附近，4月下旬过长山列岛入渤海，随即分为两路，一路向西，5月中旬到达莱州湾、黄河和大沽口外浅海产卵，另一路北去辽东半岛。黄姑鱼的汛期晚于黄花鱼半个月。黄花鱼个头匀称，通常八寸长短，一斤到一斤二两左右；黄姑鱼则不同，可长到硕大，寿命也长，据说能活过三十岁。鱼佬儿说他年轻的时候，曾捕获了一条八斤多重的大黄姑……

鱼佬儿严肃而不苟言笑，黝黑且精瘦，是一副与现在格格不入的旧时模样。我猜不出他的具体年龄。五六十岁，七八十岁，都像。出海的人老得很快，阳光暴烈，海风硬冷，这些，由表及里，早早地成了皮相的一部分。我无法知道他真正经历过什么。时间显示出不动声色的力量，流沙如软金覆盖了所有的秘密。他仍然在海滩上忙忙碌碌，好像浑身有着使不完的劲儿——事实上，鱼鸣嘴用不了多久就会被城市吞噬，反正已经无鱼可渔了，几代人的营生，在这代人身上转型，也是自然规律的选择。

"鱼，一天比一天少，鱼少了，做啥也不会大赚了。儿子或孙子这一辈更受不了海上的苦。幸好，他们可以住新楼了。"渔佬儿像说给自己，也像说给我，更像说给这片海域——他曾经的良田，他祖辈的墓地。

"不是也有搞养殖挣到钱的嘛？"

"海上养鱼是天生天养，不像池塘养鱼可以控制。那年台风，打烂了渔排，把木头、网、浮箱都撞烂了，鱼也跑了，亏了好几十万。"渔佬儿想起什么就说什么，他并没有表示奇怪，我这个不知所以然的背着画夹和相机的陌生女人，竟如此热衷于扮演一个合格的倾听者。

我的确在用敬畏的眼神迎接着他的所有故事——

又是很多年以前。鱼佬儿的叔公能听懂鱼语，也因此知道了很多常人难以知道的事情。尽管村民们说，那是只有疯子才知道的事情。那年中秋之前，月亮的银光一夜比一夜更多地撒向人间。疯叔公从船上跳下来，在银白的村子里疾走，脚下用力，哒哒作响，惊动了整个村子。人们刚躺下又披了衣裳坐起来。他敲开各家各户的门，借着白月光，把鱼王对他说的话又说了一遍："明天不要到远海撒网了。"大家都忍不住笑出声来。第二天正有大汛，是一年中难得的好时机，捕鱼换回来的钱足够半年的用度。疯叔公在编造瞎话，人们不愿意理睬。

村长是谨慎的。他当过兵。听了疯叔公的话,忽然起了同样的预感,早晨起来就让所有的船老大取消了当天的航程。是夜果然恶风大作,房子都丢掉了瓦片。那些瓦片像一把把红色纸片,在空中翻滚着飞走了。人们吁出一口气,多亏没出海,要不然全村的男人都有可能葬身海底。

"真的是鲸鱼报的信?"

"我小时候,此地常有大鱼出没。海豚和鲸鱼。鲸鱼聚集到一块儿嬉戏玩耍,那种场面看起来很壮观。"

直觉告诉我,鱼佬儿的故事应该是个传说,或者,是他此生未竟的梦想——听懂鱼语是所有渔民的梦想。鱼语就如同一个靠谱的卧底自深海发出的密码,它提供关于渔猎的一切情报,万无一失。有了这样的情报,渔民在大海里行走就是安全的,并且网网不虚。

按照鱼佬儿所指,我由西向南,由南向东,在三面环海的鱼鸣嘴村走了个遍。村里干净,家家户户仍有在房顶上插小红旗的习惯。渔民出海前参照小红旗判断风向风力。即便现在出海少了,小红旗仍是渔村的特有标志。还有几间保留完好的海草房,像一座座童话小屋。最老的已有百年。正如鱼佬儿说的,百年不毁。外面那层海草已经晒得苍白了,里面的还是干黄色。海草房冬暖夏凉,都是屋顶上这层几十厘米厚的海草起了作用。鱼佬儿说,最老的海草房住过五六代人,拆迁后恐怕就再也看不到了。政府部门能当作文物风俗保留下来就好了,毕竟都是老物件。

鱼佬儿的言语之中尽是不舍。尽管他说不出"历史传承"之类的话,我却听到了。海草房是我国沿海地区最具代表性的生态民居之一。西海岸的海草房已有二百多年的历史。20世纪60年代之后，砖瓦普及，作为建筑材料的海生植物逐渐消失。前几年，我曾在顾家岛、鹿角湾、石岭子等渔村碰到过海草房，零零星星，不超过十处了。

海岬向南伸入海中五百米，站在上面，对面的灵山岛清楚可见。再远，就是无尽的黄海，洋洋千里。迎着风，大海开始涨潮，海面上迭起层层白浪，推进，推进，直到撞击在岸边的礁石上，哗然盛开，又转身即失在无尽的蓝里。

与海蜇相杀相爱

海蜇被抬到岸上,人们围拢过来。性格外向者立刻呼喊出口。尚能稳得住的,也难掩惊诧。一时间,沙滩上咋呼声四起,沸腾而密集。

人们打起了赌,关于海蜇的重量和尺寸,赌十斤散啤,赌两盒好烟,赌一顿烧烤。赌着赌着,脸红了,脖子也粗了,原来都是当真的。

三公里外,常年有早集。好事者油门一踩,去跟撬裤脚的借来软尺,跟鱼贩子借来秤,现场测量和称重。海蜇直径超过一米五,重逾一百六十斤。咋呼声再次猛烈起来。赢了啤酒的,输了好烟的,最后约定当晚在烧烤店不见不散,不醉不归。

这时,海蜇裹挟着沙子,瘫在沙滩上,眼见着开始缩水。不知哪个脸基尼大姨喊了句,快切了吧!分分,回家拌着吃。此话立即得到众人赞同。好事者再次折回早集,还软尺还秤,再借西瓜摊的水果刀。

最后,奇人甲被捧在中心位置,像寿星过生日切蛋糕一样,将海蜇大卸无数块。不知什么时候,围观的人们早已备好了塑料袋和塑料桶,见者有份,又是一阵咋呼,终究被海潮声盖过。

人们拎起各自的海蜇往家走,同时发微信朋友圈。奇人甲与海蜇成了宇宙中心,所有的话题由此生发,所有的牛皮从此吹嘘,所有的欢乐借此传递——并将牢牢地占据坊间八卦头条,几天淹没不了。房屋中介,快递小哥,钓客和酒鬼,剪头发的托尼,饺子馆的老板娘,各色人等将这奇闻不断转发,一份来自老城特有的生活秀,在秋天的早晨持续发酵,很是杀口开胃。

这奇人甲果真厉害。这奇人甲竟毒过了海蜇。个头儿巨大的海蜇,一旦被它蜇到胸口或头部,可能致命,奇人甲到底怎么拖上岸的?

奇人甲常年晨泳,三百六十五天,几乎从不缺席。零下九度的寒潮来了,他也要去浸上三分钟。当日天蒙蒙亮,他到达海边,压腿、绕膝、沉肩,前后左右做满两个八拍,从堤坝高处,一个漂亮的空中飞燕,扎入海中。

秋海明透如蓝宝石,质感可比重磅丝绸,畅游其中,有一种温柔滑爽的包裹感。尤其是清早,一夜月光淘洗,大海自带滤镜,超高的颜值,任谁看了都会长舒一口气,发出活着真好的感叹。

堤坝与海平面落差五米,奇人甲的腾空动作很舒展,甚至有种飞翔意味。腰腹是绷紧的,却又不会一紧到底。角度转换之时,身体须迅速进入微弯状态,以获得良好的入水角度。

标准的飞燕入海,一口气潜游二十米,奇人甲才浮出水面。不远处几个鲜艳的"脸基尼"在为他叫好,他挥挥手,算是与她们交换了友谊。刚打算挥双臂再蝶泳几番,不远处突然漂来一大堆透明状物体，经验告诉他，是海蜇。亟待近前了，这只海蜇的大，还是超出了预料。毕竟是浅海，少见啊。

海蜇不笨，感觉动静异常，转身就往深处游。奇人甲扎了个猛子潜下去，抓了一把，根本抓不住，这东西太滑。眼见着要溜，奇人甲急了，右手一下子插到蜇头里面，用力将其勾住，就像榫卯结构那样结实。海蜇逃不走了，奇人甲一边划水一边往岸边拖。

海水浮力大，借助浪涌推送，尚且拖得动。一出水面，奇人甲才意识到海蜇太大太重了，一个人根本对付不了，赶紧叫来四个常年游泳的壮汉，才把海蜇抬到了岸上。也仅仅是搭把手的功夫，壮汉们的手上、胳膊上——凡是碰触过海蜇的地方，立刻起了密密麻麻的红疹子，而奇人甲与海蜇搏斗了半天，竟毫发无损。

难道这层皮和别人的不一样？奇人甲自己也不明所以然。碰到小海蜇没什么感觉。就算哪次被蜇狠了，上岸抓把细沙，擦掉扎在皮肤里的毒刺，基本上也就没事了。正如坊间所传，奇人甲是个奇人，可以自动杀毒。奇人甲是个毒物，能以毒攻毒。

海蜇，学名水母，无骨、无心、无血甚至无形，身体的百分之九十五以上都是水分，随波逐浪，透明不落痕迹，常常让人怀疑其存在的真实性。与水母形体的虚无形成巨大反差的，是其参与地球活动的时间比恐龙还长，据说可追溯到六亿五千万年前。海浪和空气摩擦产生的次声波，可以刺激到水母的神经感受器，在风暴来临之前的十几个小时，它们就得到了信息，能一下子从海面上全部消失。这身手堪比海妖。它们那么美，那么毒，报复心极重，又似王

尔德的莎乐美。

　　还是叫回海蜇吧，这更符合它们"蜇"人的本性。它们满布细小触手，触手的前端有刺细胞，刺细胞可捕捉浮游生物或攻击敌人。每一个夏天，在青岛，游泳达人都是海蜇的靶子。海蜇攻击所带来的瞬间刺痛与发作期的百爪挠心完全不逊色于马蜂蜇人，严重的竟能索命。有个倒霉蛋，后背遭遇了海蜇袭击，上岸后，那原本金铜色的性感脊梁像是被敌人用鞭子狠狠抽打过一样惨烈，接下来，既痛又痒且越发加重，昼夜不停，甚至发起高烧，只好去医院挂吊瓶。二十多天后，毒性全部发作出来了，方才转危为安。还有个倒霉蛋，蝶泳水平很高，总是大出风头，可是，他正潇洒地挥动双臂的时候，竟活活地把一个大海蜇抱到了怀里……哎呀，不堪入目，总之，我很同情他。

　　海蜇喜弱光环境，阴天、雨后、傍晚时分，像服了兴奋剂一样，恣意漂浮。最糟糕的是风暴潮过后，海蜇的碎尸如同小小暗器，夹杂在浪里涌里，贴上身，留下恼人的痕迹和连续几夜的发作周期。被蜇伤后，每有饭局，必点老醋蜇头，咯吱咯吱，我嚼得很用力，一股吃它个断子绝孙的狠劲。

　　9月底10月初，水温一直保持在二十二摄氏度左右，天长高了，满世界都是阳光，照耀着大海波光闪动，外地游客带着喧嚣离去了，土著们在沙滩上恣意玩耍。脸基尼像打劫界的赝品，也像跑偏了的阿凡达，个个心宽体胖，爱笑爱聊，大咧咧，乐呵呵。

　　"游客们请注意，石老人海水浴场现已正式关闭，海上没有防鲨网，没有救护队，为了您的人身安全，请不要下海游泳。"每年9月

25日一过，青岛各大浴场的更衣室跟石老人浴场一样，会把"煮饺子"这一沙滩行为艺术叫停。可"脸基尼"大妈们不管这一套，她们通常会再游一个月。

这个时候，海蜇已经不知所踪了。海里的事情就是这么奇怪，海边的生活就是这么有意思。

崂山湾西有个黄山村，隔海与大管岛、狮子岛相望，村子走势西高东低，房屋树木错落有致。村民多为林姓，其历史可追溯到明洪武年间。村前近海有一条天然深沟，海蜇在那里繁衍、生长、聚集。靠海吃海，黄山村渔民追潮打海蜇，用的都是传统古法，几百年不变。每年7—8月，很难有海蜇活着离开黄山村。

烈日正当空，渔民们套上不透气的塑胶连体衣，对海蜇进行捕捞、分解、腌制、加工，每天劳作十几个小时。根据《山东省2021年度海蜇特种经济品种限额捕捞工作实施方案》中的规定，休渔期间海蜇的专项捕捞生产作业时间为7月20日12时至7月30日12时。黄山村打海蜇的有百户，通常是两户人家的顶梁柱结成对，共用一条舢板。舢板四五米长，随潮涌来回，高潮时赶往作业地点，静待落潮，下网拦住海蜇。此技术原始而高效："浮漂"放在水上，网垂直入海二十米，形成网墙，并坠有石头。收网的时候，将石头拎起，原本竖着的网成了一个"兜"。

从码头到作业区，只需要二十分钟，渔民凌晨出海，一个小时以后，就可以捕获海蜇两千斤左右。根据潮汐涨落，四十条舢板每天三次来回，全村日打海蜇十万斤不是传说。潮头间隙，船夫分拣新鲜海蜇，再分类运送上岸进行后加工。海蜇的脑子和里子①只有第一时间分离、加工，才能被保留住，一旦时间耽误，就会原地"消失"。这项手艺稳准狠，来自黄山村的世代传承，其中手扒海蜇里子技艺更是被列入了"区级非物质文化遗产"名录。

海上打海蜇，船上忙加工，岸上亦在平行劳作。渔妇们将刚刚下船的海蜇脑子、里子、爪子，入锅热焯，随后晾晒。头和皮则需要腌制，加工成海蜇头和海蜇皮。整个过程俗称"三矾"，每一百斤海蜇需要二十斤盐，再加入大约四两的明矾——比例的精准全靠手感和经验来决定。经过二十一天晾晒，原本十厘米厚的海蜇皮变成一厘米左右，难怪老人们常说盐里藏着咒语。

大海之馈赠，黄山村渔民漂亮地接住了。捕捞后当场加工，海蜇鲜度好，无泥沙，口感爽，成为黄山村的一大特色。2019年，当地政府设立"海蜇美食节"，从海蜇出海，到十几道海蜇宴上桌，整个过程也就两个小时，令食客们拍手称奇。海蜇拌黄瓜、海蜇脑子炒鸡蛋、海蜇里子炒白菜、海蜇爪子炖拉瓜、大葱炒海蜇边、辣根蜇头、海蜇凉粉……无不带着新鲜潮水味，极其爽口醒脑。会吃的食客通常还要点一道甜晒鱼，几个王哥庄大馒头，再来一壶崂山茶，酒过三巡，红着脸膛说：此生做了海的子民，最是无怨无悔。

---

① 编者注："脑子""里子""爪子"等指海蜇不同部位，"脑子"并非大脑，为俗语。

全城欢动之行为艺术

泳装被晾晒在通风的地方，常常滴着水，它是夏天里最好的私人标志——标志着与自然的亲近，标志着生命状态里还有一种悠游自在。泳衣不能暴晒，不能甩干，只能在朝北的时间里悬挂着，偶尔它会在鲜咸的风中跳舞，像海女儿的某件衣裳。

或许早至七岁那年的夏天。午饭过后，我开始跟随几个大孩子，从莱阳路35号出发，穿过梧桐树的密匝绿荫，一路往东，经过鲁迅公园，经过黄海研究所，经过水族馆，直达第一海水浴场。木结构的更衣室异常简陋，蓝色油漆已经剥落——没关系，孩子们都有自嗨能力，换上泡泡纱泳衣，到人群里捣几个小乱，便啸叫着扑腾着入海了。犹记得沙滩滚烫，人声鼓噪，到处都是黑黢黢湿漉漉紧绷绷的身影。出租泳圈的、卖老酸奶和老玉米的、卖泳装的，几乎晒到原地碳化。

起初，我只敢在浅水区跳浪——眼见着一排浪峰越来越近，憋足了气，拿捏好时间，拼力跳起，以保证不会呛水。有时浪头太大，转眼将我卷走，大孩子迅猛地扎进浪里捞人，再看这个时候的我，已经吓得呛得躺得哇哇大哭起来。

其实最早学会的，是被浪头打倒之后如何站起来，这真的属于综合应激训练，包括技巧和胆力等若干。从浪里成功钻出的次数一多，胆子也就大起来，狗刨随后提上日程。学会了狗刨，先是平行于海岸而动，不久开始逞能，随大孩子征服拦鲨网去了。大孩子总归是心中有数的，他们推着游泳圈一起往深水里去，随时为我们几个小屁孩提供安全保障。游泳圈基本派不上用场，小屁孩个个勇敢神武，但有了这玩意儿，大孩子才能从容起来，要知道他们不过刚上初中而已，能大到哪里去呢。

高中以后，我已经独自畅游拦鲨网。海水盈盈，白色浮漂如珠链逶迤，人潮声越来越远，而天空越来越辽阔。我倚在拦鲨网上唱歌，做白日梦，猜想远方的样子，暗恋某个男生——海边的空气里，永远有一重恋爱的味道。

游泳就这么陪伴着我,它让我初识孤独之美,也初次领略了自由的意义,数十载不变。七八月的大海,钻石一样透彻。我纵身而入,不舍得上岸。在余热就要被微风吹散的傍晚,天边的太阳以玫瑰色谢幕,悠闲的光亮如此漫长。

泳在海中,亦如睡在梦中。泳姿可以和睡姿一样惬意,任我变换着角度。有时随波荡漾,重温曾经拥有过的母腹生活,这是一种只有当事人最心知肚明的逆生长。有时仰浮望月,梳理一下临时托付于自然的思绪,想想大海的无极指向和潮涨潮落终归去的寡情。有时索性长吸一口气,气沉丹田,尽量下沉再下沉些,像大鱼潜伏于海底。子非鱼,焉知鱼之乐?我用二十秒的时间伪装成鱼,鳍尾是推进的螺旋桨,用鳃呼吸。"哗啦"一声,按捺不住的我钻出水面,抹一把脸上的水珠,大口喘息着,肺活量的吞吐如贯长虹。

有时,我也会想起一本书的开头,一幅画的构图,一块反光的色调,还会打开一些生命的纠结,得到一个哲学的答案……游泳,总是灵光闪现的过程。滑稽的是,一上岸,那些灵光闪闪的句点也随之风干了,好比离奇的失踪案。

这些年,游野海,在最野的浴场——我的私人地盘——八大峡。

岛城东西两岸，一浴、二浴、三浴、六浴、石老人、仰口、金沙滩，夏天一到就成了观光客和小摊贩的行为现场，拥挤，聒噪，口音杂乱。唯八大峡这个温柔湾里，蛙泳的，蝶泳的，狗刨的，扎猛的，浮潜的，或者把身体摆成大字躺在海面上睡觉的……皆为土著，吃海货穿海风长大的，基因里流淌着青岛蓝。

5月底，水温变化被提上了议事日程。摄氏十五点九度，不怕凉的已急不可耐。十七点五度，老泳客们陆续报到，一年不见，憋坏了。野浴场之谊瞬间爆发，下水之前先聊聊健康，聊聊八卦，也聊聊工资与孩子，聊聊败家的老娘儿们。

我通常在十九度下水，通常是端午节后的第三天，通常是牛奶般的早晨，或酽茶般的黄昏。在房间里换上ARENA（泳衣），出门，下楼，步行百米，一纵入海。哗！瞬间，被冰凉透穿的感觉，是麻木被打醒的感觉，是烦躁被熄灭的感觉……这一切，多么值得尖叫！我游过小小暗涌，游进一片海藻的旋涡，游出柔软的腰肢。超密度的海水带来无处不在的包容和无孔不入的挤捏，泡制着每一毫米应该泡制的真实。

海湾几进几出，临海的生活甩出一些著名的锐角。八大峡角度之美好，浒苔想涌进来，不是那么容易。7月中旬，各大浴场变草原的时候，这个野浴场保持着潮水的本来面目，海，仍是海。土著们已经晒出成色，顺光逆光都有了金石之气，沉湎于运动的快乐，再穷的人看上去也像富翁。

有个七十多岁的大姨，每天早晨，用脚踩水，在海里溜达一个多小时，用民族与美声混搭的腔调唱红歌，自我陶醉到不行。歌声沿着水面，能走很远，经过海浪的淘洗，声声青嫩。一问，大姨是从某国企工会退休的，当年的草根文体明星。

"大鹏，大鹏，上来吧。"这是驯狗的一位。离岸五十米处，一只金毛叼着一根木头，嗖嗖地游向主人，情境相当拟人化。木头送到主人手上，主人一转身又把木头使劲抛入大海，大鹏像接到了遥控指令，再次飞身入海，又嗖嗖地游向木头。如此往返数次，引得无数遛狗者艳羡不已。那些在岸边不敢下海的泰迪们，被主人几番数落：看人家，看看你，没出息。

野浴场，9月最美。9月！脱口而出的时候，似有薄荷清凉滑过唇齿。晨海常常像镜子一样平整，无风，无浪，无物，无想，无念，无痛，无恨，无喜，无忧，无你，无我——却也只有我，一次又一次地，剪开那如绢一般凉滑的海面，向前。黄昏，一天的尘埃落定，身心相当肿胀，这时候，我希望碰到碎浪以及细微的暗涌，它们会为穴位带来按摩。云彩最好是金属感的，一种赤铜的姿态。天黑了，我喜欢仰泳，躺在普鲁士蓝的调子里，看月亮从城市的剪影之中升起，银光倾洒，丝线缕缕，我以切切的仰望模拟珠蚌的暗恋。

在这座中国北方的滨海名城，再也没有哪项运动能像"洗海澡"拥有如此广泛的群众基础——"洗海澡"是率真的俚语方言，是全城欢动的行为艺术，是民间同乐的祥和图景。前海后海，此湾彼湾，官方浴场或约定俗成的野浴场，都是"洗海澡"的舞台、秀场、博览会。

王泽杰一直拍摄"洗海澡"专题。划着橘色平台式单人皮划艇，他在浅水区拍初学者的狗刨,在拦鲨网拍老手的蝶泳、仰泳、潜泳、组合泳。他也会划到栈桥回澜阁的南面,以红瓦绿树为背景,拍那些从高处急冲而下的"大飞燕"。他还拍在沙滩上做梦的人,拍"脸基尼"套装的霸气,拍礁岩上雕塑一样的身体……一开始,王泽杰并没有想要去刻意地创作什么,只是把洗海澡当作生命经历以及全身心融入自然的过程。时间一长,有趣的人和事太多,他觉得自己有冲动也有必要去记录去推广,最好让全天下都知道,青岛人如此率真地活着,他身体力行地回馈着自然恩赐。

蓝天下碧海中,按快门的同时,王泽杰也在享受着一个人的鱼之乐,把生活方式直接代入到创作里。他从小受过专业的游泳训练,形体健美,动作标准,一亮相,就会在海边引起惊艳。尤其是跳"大飞燕"的时候,各种叫好连同他制造的优美弧线久久停留在半空。王泽杰与各大浴场包括野浴场的人都混熟了,见面称兄道弟,无论怎么近距离地拍都会得到百分之一百的配合,没人不乐意,都以进入他的镜头为荣——这也正是王泽杰拍到别人无法拍到的甚至看不到的画面的原因。

六岁,王泽杰瞒着父母,带上两岁的弟弟到沧口浴场洗海澡。20世纪60年代,青岛孩子学游泳绝不像现在这样有"章法"——先由家长陪着参加游泳培训班,在游泳池里学会了却不敢下海。那个年代的孩子都是"野生的",会勇敢地扑向自然。"当时根本不会游泳,把弟弟放在汽车轮胎做成的泳圈里,手扶泳圈,两腿蹬水,游过了鲨鱼网①。回来的时候,眼看着快到岸了,胆子更大了,我松开了泳圈,扑腾着前进,就这样学会了游泳,当然也喝了几口海水……被父亲知道以后,少不了一顿揍。"

父亲早年是个篮球运动员,体育运动委员会里有熟人,眼见着孩子们无师自通,心里高兴,便把兄弟俩送到了沧口体校游泳班。很快,王泽杰就在全市的少年游泳比赛中得了冠军。可他顽劣不羁,不肯苦练,没练完泳班规定的课程,就偷偷地到海池子炮楼扎猛子,什么飞燕、镰刀、抱腿、冰棍、前后滚翻,那个"洋相"②啊,没有他不敢的,也没有他不会的。终于因为猛子扎得好,身体控制能力强,转投体操队,练成了"四不像",最后彻底没戏了。弟弟王泽民则在中学时打破了成人组的一百米蛙泳青岛市纪录,进入八一队和省队,退役后留在省队干教练,曾在国家队执教、蝶泳冠军周雅菲就是他从小带大的。"弟弟洗海澡,带出个世界冠军。我洗了一通海澡,却改行照相去了。"

2017年8月,王泽杰在青岛嘉木美术馆搞了一个

---

① 编者注:即防鲨网。
② 编者注:俗语,大概是骄傲的意思。

主题摄影展"洗海澡",与之前所关注的青岛人文历史、建筑、民生等宏大而厚重的叙事不同,这一次,他所提供的瞬间定格,像一本精短诗集,也像一段架子鼓节奏。

摄影作品是无声的艺术,王泽杰的"洗海澡"却让观者听见了海潮的呼吸声、孩子的嬉闹声、青岛土著朝向大海的呼喊声。画面有湿度有温度:太阳炙烤,水汽蒸腾,汗水奔流;甚至还有味道:海风的鲜咸,健康肌肤上的小麦香……这些多维意象似乎在向普天下昭告,"洗海澡"不仅仅是青岛生活的一部分,更是青岛人表达情感、化解忧愁、建立哲学认知的路径与方式。

"一本书,一瓶啤酒,一个老相机,假模假样地在青岛的海岸线上,一装就是十几年。"王泽杰笑了笑,自我揶揄。

后海往事

玩后海者大多放浪于自然，口音硬，皮肤黑，体形精瘦。少年的他们在海里扎猛子讨生活，老年的他们在岸边垂钓打发日子。从少年到老年，大半生的沧桑深刻于法令纹，那倔强的走势，仍在试图说明内心的不服。

一个生于1957年的青岛小哥，这样回忆半个世纪以前的后海生涯。他说，当时的胶州湾，但凡人能落脚的地方，无论沙滩、泥滩，都有蛤蜊可挖。赶小海，是能用来养家糊口的。蛤蜊和海菜，挖不光也捞不完，下次涨潮又带来了新的。那个时候，人们说起海货，就像在谈论粮食。

逢迎初一、十五退大潮，前海、后海，沿海岸一路向北，伸延至沙岭庄、女姑山、红岛，随处可见挖蛤蜊的人流。熙熙攘攘之中，笑声、歌声、骂声、喊叫声，嘈杂而热烈。尤其到了涨潮时分，更是呼喊声连成片，找儿子的，喊爸爸的，叫姐姐的，骂老婆的，内容庞杂，最后都要回归到一句："涨潮啦，回家啦！"

当年，板桥坊选女婿，会先丢过来一个藤条篓子，让他下海挖蛤蜊。能干又会过日子的,上来时不仅篓子满满的,还额外多了两小"麻袋"——原来他灵机一动,把裤子脱下来,两只裤脚口扎紧实,里面塞满了蛤蜊。幸好那些年都穿粗布裤头,肥肥大大,若是穿着现今的紧身三角,沾水即透,分分钟耍流氓啊,伤风又败俗,这样的女婿也是没人敢要的。

这边选女婿,那边娶媳妇。板桥坊、营子村一带的小哥,正是被荷尔蒙顶得上蹿下跳的年纪,都想早早地娶上媳妇,好"开灯说话关灯作伴"。怎奈家底子太薄,一穷二白,小哥们等不及,只能自己找出路,向大海要媳妇,常年在海上"淘金"。工具就是捆绑着渔网的保险圈和几副长竿铁网抓,专等大潮退尽,到齐腰深的水域挖蛤蜊,弓背下腰,俗称"下大抓"。遇上好潮水,好运气,一挖一麻袋,不是空话段子。上岸后,或去集市卖鲜,或回家大锅蒸煮,扒肉晒干,不日再换钱,都是又辛苦又快乐的事情。

工欲善其事,必先利其器。赶夜海,只有"大抓"不行,还得再标配一个嘎斯灯,其制作原理跟工厂的气焊大同小异,乙炔燃烧形成一道火焰,亮如白炽。大潮退了,小哥们提着灯,顺"海道"向海中走。"海道"是一种奇特的自然现象,潮落时,随"潮脚"显现。同样是从岸边去往海里,四周滩涂泥泞不堪,一腿一腿地下陷,唯独"海道"坚硬异常,铁锨都铲不动。

无数盏嘎斯灯在黑暗中晃动闪烁，场面十分壮观，远远望去，好似繁星坠入了大海。潮水大约停滞三个小时。三个小时总是过得很快。不知觉间，哗哗的潮浪声由远及近，逐渐上涨，海里面的嘎斯灯开始往岸边移动。而岸上，收获巨大的小哥已经用嘎斯灯烤上了蛤蜊和海螺，鲜香的烧烤味能将人击倒。

那是一个雨夜，海上鲜见"下大抓"的人，只有文章开头写到的那位小哥，在齐腰的海水里挖得正欢。突然，海水猛涨，瞬间及胸。没等他反应过来，海水已经没到了脖子。小哥头顶保险圈，脚下骤急，一口气朝岸边挪去二三十步。没承想，潮水比他的脚步还快，直接盖了顶。大雨滂沱，海面上雾气弥漫，埋住了岸边的灯光，海面一片漆黑，再无标识物。这位小哥完全失去了方向，脑子一片空白，孤独和恐惧控制了他。

雨，下得越来越狠。抹一把脸，再抹一把脸。才十五岁啊，真的就这么去喂鱼了？绝望中，他随波逐流，听天由命。不知过了多久，海浪终于将他推到了近岸的浅水区。他并不能完全确定岸的位置。忽然，半空中出现了微弱的灯火——对，是它！沧口下街磷肥厂货场的那盏灯。当时当刻，那盏灯完全成了一种生命的呼唤。激动的心，怦怦直跳，嗓子眼儿，干得发紧。他开始放声大哭，泪水，雨水，海水，被一口一口吞下。他终于找到了方向……

有沧口下街就有沧口上街。后海人都知道，现如今的四流南路便是当年的上街，名曰沧口大马路，其繁华程度当时仅次于市里的中山路。下街近海，地势低洼，海腥味滞重，论起历史形成和地位,则"先有下街,后有沧口"。明清时,这里曾作为胶州湾的一个货运码头,通往江浙的重要口岸,千帆云集,百货辐辏。1901年,胶济铁路线上的沧口火车站开通,在随后近百年的时间里,沧口站成为进出青岛的必经之地,带动了周边商圈发展。老人们都记得,早年出了沧口火车站,穿过桥洞,走上几百米就到了三盛楼,几个大肉包下肚,旅途的劳累顿消。彼时青岛,三盛楼与春和楼、聚福楼并称为"三大楼"。20世纪90年代初,从沧口去栈桥前海,可以坐绿皮火车,票价两元。"坐火车上街里"成为很多沧口八零后的共同记忆。

说到"海池子",其名气是要盖过沧口浴场的。海池子是20世纪20年代日本人创办钟渊纱厂时所建,用以蓄存海水,冷却发电设备。四壁为混凝土结构,有科学的水道设计,海水通过北首的闸门进入,从南端的开口处拐入海池子,呈"S"形缓缓注满。整个过程,起到了沉淀泥沙的作用。净化后的海水通过海池子东北隅的抽水管,向厂里输送。

时过境迁,20世纪50年代,海池子开始成为沧口人的乐园。当然,敢下海池子游泳的至少已经完成了狗刨进阶,因为最浅处也能没住人。即便下去了,一不能触池底,二不能碰池壁,池底池壁海砺子满布,比暗器还锋利。多年后,老沧口本尊每每看到腿上的疤痕,就会想起曾经的顽劣行径,嬉闹声又在耳边响起。海池子东面还有一个四五米高的炮楼子,高手在那里玩跳水,大鹏展翅,自命不凡,引来艳羡和吹捧。游泳好手一旦在海池子露面,形同表演,众人皆围观叫好。

海池子以西野沙滩面积充裕，足有上千平方米，男性裸泳状况常有之。20世纪60年代中期，沧口海水浴场在这里建成，管理规范起来，国棉六厂、磷肥厂、橡胶二厂等单位都在浴场设有专属更衣室，夏天洗海澡日人次达到一万多，每年7月中旬，原沧口区政府还组织千人横渡沧口湾活动。

饶是如此，进海水浴场和进海池子之区别，好比体育运动中"普及与提高"的关系。20世纪80年代以前，在青岛的游泳比赛中，沧口人占绝对优势，均是海池子里练出来的。此中翘楚者，是位纪姓男子，后成为练进省队的第一人。他退役后，回沧口任教练时，依然在海池子设班课徒，培养出来的学生，有四人先后进入省队，日后再捧教练衣钵，亦成美谈。直到1988年，沧口游泳馆建成以前，海池子一直是原沧口区体校的游泳训练场地，体校训练课亦成为海池子的独特风景。进入90年代，沿海公路建成，沧口海水浴场废弃，海池子也逐渐干涸了。

当年在海池子里泡大的孩子，如今皆已年届花甲。在青岛北站北侧的环湾路海滨栈道上散步，他们或许需要一根拐杖，或许脚步再也快不起来。海边立有一块石碑，上题"沧口海水浴场旧址"。他们久久伫立，伸手抚摸，如同抚摸着一个遥远而又陌生的少年。

1963年，贾真耀四岁，翻过国棉八厂宿舍的北墙，就到了后海边。后海滩泥广阔，数条污水流入，滩泥又臭又沃，屎蟹、泥蛤和虾虎最喜此界，它们疯长，肉身痴肥外加味道鲜美，被幼年贾真耀当作零食来挖掘，就像现在的熊孩子吃辣条一样上瘾。

贾真耀的父母都是国棉八厂职工——1953年，他的父亲从郑州纺校毕业到八厂做技术员；1956年，他的母亲凭招工也进入了八厂。那些年，父母工作三班倒，全家住在八厂宿舍。因工作繁重，母亲总是非常疲惫，教育孩子的耐心几乎为零，顽劣的贾真耀没少挨打。"偷翻母亲的铝制大饭盒，是我小时候最喜欢的事情，饭盒里面肯定有包子，那是母亲从食堂带回来的。国棉厂伙食很好，大厨的技艺不一般，大葱拌猪肺特别地道……"

1979年母亲提前退休，贾真耀顶替就业，干过换纬工和排纱工。工闲时他挨个纺织厂溜达，结交了一大批纺织子弟，江湖人称他"八厂老贾"。1986年，终因热爱美术，贾真耀离开青岛北上投师学艺，最终成了一名雕塑家。离开纺织厂以后，贾真耀走南闯北去过很多城市，似乎远离了沧口地界，早年的生活经历却刻进了他的皮相、骨血和性格里，时间越久越清晰。

2019年春天，贾真耀终于把工作室搬到了四流南路八十号纺织谷。作品都是大件的，有的需要专业运输，搬运成本不低，贾真耀却不在乎，他将此次搬迁称为"落叶归根"。人生甲子年回到出生地，是其艺术年份里的重要一笔。随后他创作了大量与纺织有关的作品，雕刻石头的同时，也在雕刻城市记忆与生命历程。

纺织谷原为国棉五厂旧址，占地约十四万平方米，拥有大量的包豪斯工业建筑，20世纪初的老水塔、老井、老防火门等老物件，在改造中保留下来。贾真耀的几件户外雕塑作品穿插在园区，站C位的便是五米见高的"纺织大嫚儿"。这件作品为玻璃钢材质，贾真耀抓取纺织女工在生产线操作的瞬间，以概括凝练的手法定格了几代人的汗水与青春，具备一种跨越时空的意义。

冷幽默意味的大搪瓷茶缸是另外一件户外雕塑作品，高达两米三，上有"战高温纪念"字样。"搪瓷茶缸是当年的车间标配，夏天太热了，车间里根本待不住人，女工们仍然坚守着生产线，食堂会煮绿豆汤或红枣水，休息的时候，她们一人端着一个大茶缸子，现在回忆起来仍能感受到那种场面的火热。"

"纺织大嫚儿"虽然面目模糊，无个性特征，却代表着这座城市的工业记忆的复位，激活了集体记忆的密码，成为纺织谷艺术游的打卡地标，其粉丝年龄跨度足有半个世纪那么长。她所勾连的记忆，关乎一个家庭、一片社区、一座工厂和无数纷繁芜杂的如烟往事。她微微垂首、全神贯注的姿势，将很多沧口人再度带回到织机轰隆作响的岁月。为满足人们睹物思怀的需求，贾真耀特意去景德镇烧制了一批陶瓷摆件，将"纺织大嫚儿"同比例缩小至五十厘米高，工装上

写有"青岛纺织"或"国棉五厂"等字样。温润而安静,沉默仍有回响。一个"八五后"青岛姑娘特意收藏了一件,其母曾在国棉六厂做了二十年纺织女工。身为纺织厂子弟,这件作品无疑代表了她一种特殊的怀恋。

纺织谷是承接青岛纺织转型升级的全新载体,内设九个专题馆,从历史、纤维科技、消防、蒸汽、空调、布艺工坊等不同侧面展示纺织文化。室外串接水塔、老井、制冷站、铁路专线桥等多处工业遗址,完整展现了纺织工业生产体系,是中国纺织"上青天"文化传播基地。贾真耀就像纺织谷的活地图,每有艺术爱好者慕名拜访,他都会抽时间义务导游一番,带领大家参观各种艺术工作室,当然也包括他自己的。

在贾真耀的工作室里,雕塑完成品和半成品随处可见,加之书籍和工具材料,把整个空间占据得满满当当。戏谑的批判的感念的即兴的,种种观念汇聚于一室,便是贾真耀的不拘一格。除了喝茶谈艺,他还顺手写画,更弹一手好吉他。天气好的时候,他在工作室门口摆摊卖自己的二手书,或做个行为艺术,很有专业态度。有评论家认为,贾真耀贯通了古代、现代、后现代以及当代的几乎所有艺术门类,也拉扯出东西方两个迥然不同的传统脉络,是一个真正接地气的艺术家。贾真耀则轻易不以艺术家自居,自诩手艺人。

最有意思的是,自从搬到纺织谷,"八厂老贾"的名号被重新叫了起来。贾真耀为此感慨万千:"又叫回去了,越活越小了,这是一种回归,搞艺术本身就是回归,回归心灵,回归自然,回归童年。"

行走于刀锋

老渔把式一生行于自然刀锋,稍有闪失,便是人船倾覆。都说富贵险中求,他们当年却只想从腥风恶浪中求得生机,活下去,找个好女人,繁衍子嗣,将泥草房翻新,盖起瓦房,如果再换一条大马力的船,好日子就在眼前了。

我最喜欢听老渔把式说古。渔村拆迁以后,他们住上了高楼,甚至喝起了工夫茶,这是从前做梦也不敢想的。他们好像并不习惯。除了口味嗜好与现代都市的养生理念不符——他们嗜咸,嗜腌制品和发酵品,包括嗜咸鱼和虾酱。言谈上,也是三句话不离出海打鱼那些事。没有人愿意听。嫌他们唠叨,老糊涂了,早就过时了。

孩子们各自成家,甚至远在天边。老渔把式守着宽绰却也空荡的三居室,寂寞比大海还深。伏天吃完混汤面,筷子碰了空碗,响起一阵清冷的回声。电视从早到晚开着,为的是多些人影和人声。实在耐不住了,会去码头打工,腿脚风湿严重,出海肯定不行,就在岸上分拣渔获,补网,赚多赚少不重要——他们是想赚乐呵,赚存在感。任骄阳暴晒,鱼腥熏炙,机油辣眼,久违的兴奋感却从他们的心底隐隐升起。

这类老渔把式我结识了十几位。在手机通讯录里,他们分别叫作高峪村老王、斋堂岛老石、胡家山老朱、顾家崖头老张,等等。中秋节送两斤月饼,或者给他们拍几张照片洗印放大,那一张张脸就笑成了风干的鱼皮。"爷们说说吧,还有什么故事?"此话甫一出口,他们就忽然满脸委屈,憋坏了似的。每次都是这样。

高峪村老王跟我说到了"白头浪"。这种浪一旦出现,不管天空多么晴朗,船只需要马上返航,回港避风。码头这边,则要着人力加固设施,防止船舶走锚、搁浅和碰撞……讲着讲着,他竟然靠着椅子睡着了。阳光斜斜的,照耀着他的呼噜,我却忽然想起了《儒林外史》第四十三回:"大爷吩咐急急收了口子,弯了船。那江里白头浪茫茫一片,就如煎盐叠雪的一般。"

根据浪与风的关系,海浪分为风浪和涌浪两种,简称浪和涌。风吹到海面,与海水摩擦,形成风浪。风浪波面陡峭,波峰附近常有浪花或大片泡沫,此起彼伏,瞬息万变。相比之下,涌浪拥有更加规则的外形,排列比较齐整,波峰线长,波面平滑。随着风场加大,时间持续,不管风浪涌浪都会起魔性,如猛狮啸天,如怒虎吼山,如恶狼扑肩。

阡上村老刘喜欢顾左右而言他。有一年冬至已过,鱼越来越少，船出来两天了，一直没有收获。中午太阳很好，气温回升，船上忽然飞来了十几只绿头蝇。正是吃饭时间，他炖了一锅杂鱼，苍蝇却越聚越多，他不得不放下筷子驱赶苍蝇。我紧着问，茫茫大海，无边无际，苍蝇从哪里来的呢？老刘干咳了一声："莫急，听下去便是。"

老刘也不知道这些苍蝇是从哪里冒出来的，可它们带来了一个信息，这两天要刮偏东风了。祖辈有谚，"船上苍蝇飞，不日东风吹"。老刘边驱赶苍蝇边跟伙计们说："吃完饭就地扎锚等鱼，东风会送来鱼汛，船不用再跑了。"伙计们脸露喜色，因为谁都想早点靠港回家，搂着老婆睡觉。谁知刚收起碗筷，船上又飞来一只小鸟。"撑船人不打鸟"，小鸟的出现，也带来一个信息，海上要刮西北风了。

我担心老刘年事已高，言语不周，一会儿东风一会儿北风，到底怎么回事？老刘却说，"西风不受东风气"，这符合冷暖空气对流的原理。按照以往的经验，很可能是先刮东北风再转西北风，风力不会很大。果然，是夜海上刮起偏东风，第二天转为西北风，三四级，无关痛痒，但也把鱼群堵在了路上。

"鱼都是风送来的吗？"我问。老刘不直接回答，又给我讲了一个故事——

1980年，老刘带船去捕曹白[①]。出了灵山湾，黄海三十海里，不偏不倚，老刘断定水底有鱼，东风一起，必形成鱼汛。他让船扎了锚，不再兴师动众地往南跑，只等风向突变，下个两三网，当即

---

① 编者注：即鳓鱼。中国北方称"脍鱼""白鳞鱼"，南方称"曹白鱼""鲞鱼"。

可以挂旗返航。谁知老天跟老刘开了个玩笑，连续数天，就是不肯送来东风，以至于误了整整一个曹白鱼汛。船老大听说之后，驾着小船来到作业现场，怒问何故，老刘百口难辩，绑上"腰铅"，退大潮的时候潜入海底，捞出了成把的曹白骨头——因为没有东风，曹白被闷死在了海底。老刘得意地告诉我，从那以后，船老大更加信任他了，没几年，他就做了船老大。

胡家山老朱的故事最惊险，他说自己是死过好几回的人。最悬的一次是四十年前，在外海。连日风平浪静，海里没货，老朱不甘心回返，打算天亮后继续往西寻找渔场。西面常有不明海流，会形成黑洞一般的旋涡，这多半是海底状况恶劣所致。据说再粗壮的树干一旦被卷入，浮出水面时必是遍体鳞伤，仿佛长了硬硬的鬃毛。海流狂暴且有骤雨助威时，最是危机四伏，无论大船小船，稍不留意都会被卷走。巨型石斑被吸入涡流的事也发生过，那种徒然挣扎又无望脱身时发出的声音，非笔墨所能形容。

海流随潮涨潮落或急或缓。通常每六小时起伏一次。按照以往的经验，老朱会在平潮期驶过海流多发地，在第二次平潮到来的时候，再带着整船的鱼虾一起返航。若是没遇上一阵能把船送去又送回来的平稳侧风——在返航之前不会停刮的侧风，老朱怎敢妄动。他对于风向的预测很少出错，几年里因为没风而被迫抛锚过夜的事只发生过两次。

海上一丝风也没有的情况总是十分少见，却让老朱碰上了。凌晨等风，老朱睡不着，他站在甲板上，天海沉浸于黑蓝之中，忽然，空中一团云，眼见着伸展开来，状如彩虹，却是白的。老朱觉得诡异，大叫不好，喊醒众人，立马起锚，寻找最近的避风港。渔伙计们不解，看这海面，一个时辰不会有啥风浪。老朱说，只怕来不及了。

话落不过十分钟，大海忽然晃动起来，层层浊浪由远及近，滚滚沸腾，一股恶风盘踞其上，鬼哭狼嚎就要送到耳边了。老朱命船掉转，用船头斜对着风来的方向。这时天已放亮，不远处的一条船，稍晚了一步，转向的时候侧面迎风，被吹翻了。另外一条船，想收帆已经来不及，只能砍断了两根桅杆，船停下后不住地颠簸，整个船身几乎被巨浪覆盖。还有一条船，顺风顺水地跑，结果让浪掀起屁股，螺旋桨打空车，再过来一排浪就完了。

老朱和伙计们吓蒙了，自保都难，何谈救命？七八米高的海浪直掀船舱。一开始他们还拿起水桶、锅盆往外舀水，后来就放弃了。暴雨狂泻，天已经漏了，做什么都于事无补了。一船人就那么眼睛瞪着，头发竖着，撕心裂肺地吼着。旋涡就像陷阱一般，船一旦掉进引力圈，便会不可避免地被吸入深渊，卷到海底，在乱礁丛中撞得粉碎。

说来也怪,真的到了旋涡边缘,老朱反倒比之前平静了许多。心一横,听天由命,丧魂失魄的恐惧消除了一大半,取而代之的,是对末日景象的敬畏和感叹。他甚至为即将见到死于海底的父亲而高兴起来……幸运还是降临了。暗流纵横交错,船漂进了其中的一条,借助惯性,往西漂了一个时辰,又往北漂了两个时辰,才顺流漂到了背风面,侥幸地抛下锚。

锚下了,船绝不能停。锚的拉力与风的野力较劲,彼此撕扯,一种可能是走锚,还有一种可能就是直接把船撕碎,五马分尸一样。唯有顺着海流的性子捋,来回遛船,分秒不敢差池。两天过去,恶浪才退,老朱带着五个人,从"坟墓里"爬了出来——他们原本黢黑的头发,已经全白了。

第二章 ＊ Chapter Two

海货 · 味

恰是霜冷长天

秋末冬初,黑夜愈加沉寂漫长,时间冷凝成霜,一寸一寸,在天亮时分铺白了大地。

霜以杀木,黄落毕现,也杀去了青萝卜的辣蒿味。当清脆和甘甜在它的身体里完成了化学集聚,至少还有两件事情同时发生着——鸿雁从天空"一"字经过,飞往南方;辫子鱼[①]于潮汐的高低之间穿行,向岸边靠拢。

霜月里的鱼事,要属辫子鱼。辫子鱼相貌不俊,头宽,下颌长于上颌,满脸不屑,甚至还有点凶巴巴的。这段日子里,去码头或者去农贸市场,地道的渔家通常会叫卖刚刚落岸的辫子鱼,肉壮籽满,买两条,外加一个裹着泥巴的青萝卜,拎回去,紧着处理。

青萝卜滚刀切成茧形状块,俗称萝卜茧子。辫子鱼刮鳞除刺,两侧打花刀,刀刀入骨,方可最大限度地利用切面释放和吸收味道。清洗干净的内脏不能丢掉——须知道,在一些讲究的饭馆,辫子鱼

---

① 编者注:即鲬鱼。

炖萝卜这道菜，如果鱼肚子里没有鱼肝，食客是可以拒绝付钱的。

食材收拾停当，烧锅入油，加五花肉干煸，再加葱姜蒜片干辣椒丝和大料，烹黄酒，少许甜面酱，快速翻炒，随后下萝卜，添清汤，武火全开，最后将辫子鱼放进锅内，沸腾后转小火焖至酥烂，用盐调味，装盘撒香菜段即可。端上桌，两条大辫子横卧盘中，周围堆满软烂的萝卜茸子，鱼鲜菜香彼此融合，神仙闻到怕也是要流口水的。这种时候，辫子鱼鳃边的两块蒜瓣肉有指头大，堪称至味！是要给在座的尊长吃的。

顺应四时，沐风霜雪雨，方得时令美食。霜降以后的青萝卜和辫子鱼到了最甜美与最肥美的生命巅峰值，美美相遇，无异于令人击节的天作之合。

辫子鱼肉质紧实，有的半岛人家不嫌麻烦，慢工细活，日脚绵密，愣是把此鱼做出了螃蟹味，名曰"赛螃蟹"。整个过程，剔鱼肉是重头戏，须沿鳍背部下刀。渔把式说它是个刺头，一根硬刺贯穿背鳍、胸鳍、腹鳍、尾鳍，一不小心，就会手破血流。鱼肉剔好切丁，用盐、胡椒粉、料酒、蛋清抓匀，腌上十分钟左右。这空当，将备好的咸鸭蛋黄碾碎，与鸡蛋黄混合，加少许水打匀，温油滑散后备用。炒锅下底油，姜末要密，爆香后倒入蛋清与腌好的鱼丁一同滑炒，稍一定型，再拌入炒好的蛋黄碎，调味时要有胡椒粉，烹入料酒和醋，快速翻炒几下即可出锅。不是螃蟹胜似螃蟹，大抵如此。

辫子鱼，学名鮨。辫子鱼的叫法来自它的形象。从头到尾，由粗渐细，灰褐之间连带着花白斑驳，怎么看都像一条清朝老朽的辫子，以至于渔家会不嫌麻烦地加上一个前缀，叫它老头辫子。钓客

们则会告诉你,有胖头鱼的地方总是能钓到辫子鱼。

摆甲鱼的叫法则来自它所处地域的方言——至少在青岛坊间是将其称为摆甲鱼的。究其原因,渔把式也许会这样说,此鱼生性好动,游起来大摇大摆的,捕上来以后还是不停地扭动,摆拉甲啊!

牛尾鱼、拐子鱼、狗腿鱼则是这条鱼在其他海域的方言称谓,虽各不相同,理儿却一样,无非是循其样貌和习性。混了不下十种名号,恰恰说明这种浅海鱼喜欢云游四方。凭借着强劲的适应能力,从南到北的浅海沙床，它睡了个遍，又饱食鱼虾蟹，以至于到了成年期，大的辫子鱼可以近一米长，十斤重。当然，长成这样的都属于辫子鱼里面的姚明。市场上可以被人们买到的，长度三四十厘米的居多。

小一点的辫子鱼会被腌制起来，冬至前后，让干燥的大风透一透，油脂外显，便有了上好的成色。取几条切段淋油，放入碗里上锅熥了，水汽蒸腾，咸香氤氲，再抿几口高粱烧，渔家人的幸福指数就爆表了。

城里的吃货也非常敬业，他们不辞辛劳，将辫子鱼蒸好晒干，把鱼肉抖落下来，骨头熬汤，汤白如牛乳，肉做鱼卤或浇头——那鲜美的滋味，全在喝汤捞面之时沁入了日子深处。

在七绝《霜月》里，李商隐尽写浪漫："初闻征雁已无蝉，百尺楼高水接天。青女素娥俱耐冷，月中霜里斗婵娟。"

霜冷长天，月华澄明，天穹高迥——于是乎，对应着霜月之好，鲻鱼也进入了最佳赏味期，以脂肪肥厚，以肉身雪白。话说鲻鱼历来是一道好鱼。从城阳红岛到胶州营海，再到老胶南红石崖，渔家对带鳞的海鱼另眼相看，这其中，尤以白鳞鱼和鲻鱼为贵，婚丧嫁娶红白喜事，只有它俩能上大席。

一个顾姓老渔把式，曾经跟我说起"胶州湾鲻鱼"。大沽河入海口，三四十平方公里的水域，鲻鱼肉质最鲜美，入口泥腥气全无，故也封了号似的，曰"沽鲻"。半个世纪以前，小舢板一天能打两三千斤。后来就越来越少了，少到一个春天只打上来一百斤。20

世纪 80 年代末，亲戚要去还人情，托老顾买条"带鳞鱼"，他走遍东营村码头，总算买到了一条鲻鱼，重一斤二两。"贵是贵，那时候，一斤鲻鱼就值四十块钱了。"

很快地，有钱也买不到了，鲻鱼踪影全无，十网九网空，都是寂寞。年轻一代的渔民更是连模样也搞不明白了，每每将其与梭鱼混为一谈。老顾说，怪不得后生仔，鲻鱼从外形上看跟梭鱼差不多，食性也相像，都喜欢在河口、浅海产卵。它们最大的不同就是眼睛，梭鱼眼红，别称"赤眼"，与鲻鱼的"白眼"恰成对比。形体上，鲻鱼肥短，梭鱼细长，胶东人叫它"梭鱼棍子"。

这二三十年打不到鲻鱼，胶州湾沿岸人家遇婚丧嫁娶，只好用梭鱼替代。直到 2015 年深秋，鲻鱼又回来了。早晨，小舢板靠岸，老顾提着一条两斤多重的鲻鱼显摆，这一趟只打了二十来斤马蛸[①]，要不是有这条鱼垫着底，连油钱都不够。码头上等待上货的小老板让出个价，被老顾回绝了。"多少钱都不卖，明天本家侄子订婚，我这个礼比送上两千块钱都上彩儿。"

世人对鲻鱼的偏爱从未停止。其味至鲜，一说胜鲈鱼，一说若鲥鱼，兼具海鱼之鲜河鱼之美，鱼肉肥厚香醇无细刺，清蒸、红烧、香煎、酱焖，怎么做都好吃。我小时候，得祖母饮食调教，颇有过几种吃鲻鱼的记忆。一种是清蒸，用筷子轻夹鱼肉，细嫩而不柴，只一根鱼刺，吃起来老少皆放心。一种是鲻鱼冻，头天做好，自然成冻，吃的时候切大块，撒香菜碎，盛在青花大碗里。

---

① 编者注：胶东的一种章鱼。

现如今我亦成长为灶上好手,料理鲻鱼自有一派。去年霜降时节,吃货三四相聚在我的蓝房子,共享时令海货。鲻鱼七八两一条,足有十条,都是清早从前海沿儿钓客手上买来的,带着一股新鲜的潮水味儿。清干净内脏,沥去水分,切成段,放姜片、料酒、胡椒粉、盐,码入味,放置三十分钟,再冲洗几遍。油热爆香,葱姜蒜之外,还会放入泡椒泡菜之类,最后放鱼段,一番铿锵,喷香醋,加温水少许炖开,豆豉调味,武火收汁。吃货们闻见了味道,隔空不断地喊么么哒。

按照食物的坐标轴,往纵向里追溯,宋代药典《开宝本草》认为鲻鱼"主开胃,通利五脏,久食令人肥健";往横向里延展,日本人慕其鱼肉如雪之白,奉为高颜值刺身。不仅如此,鲻鱼还为日料里的乌鱼子贡献了卵巢。当雌鱼在秋冬季产下卵,乌鱼子的制作旺季就来了。

鲻鱼甚至像个环境监测的大员。20世纪60年代,日本经济高速增长,工厂污水排放严重,河口、内湾的水质越来越糟,鲻鱼凭借着强大的适应能力活了下来,体内的泥臭味却让其在美食界的地位发生了断崖式跌落,鲻鱼肉从此少人问津,乌鱼子依然受追捧。

以此类推,时隔三十年,鲻鱼复回胶州湾,味道不减当年,应是淡水河治理有方,生态日益向好的缘故吧?

熟醉

关于海货"生醉",爱好者宣称吃过一次就再也戒不掉了。饭局中,他们一边咂嘬着生蟹钳,一边让生牡蛎在辣根里打滚儿,一边劝我将生醉加入"人生一试"清单。

不,不,不。我连连摇头。纵然生醉的海胆丰盈,赤贝脆嫩,海蛎子爽滑,大海的味道直透后脑勺儿——可我终究是没有勇气的。在我看来,生醉的海货像草莽流寇,不期遇到一坛好酒,倾入腹内,昏昏然忘了来时的本分。

我只接受"熟醉"。没承想,此态度甫一亮出,生醉爱好者即刻击节叫好,说什么先熟醉后生醉,万事都有个过程,慢慢来。我懒得再解释了,熟醉没有寄生虫之类的心理负担,已经是我最后的底线了。

所以抛却生醉不谈,这里只说说"熟醉"那些事。杜甫的诗里用过这个词,"熟醉为身谋";陆游的诗里也用过这个词,"熟醉卧蓬窗"——这二处"熟醉",取的是一醉方休之意,与我接下来要说的海货断生捞出再醉之,是两回事。

某老饕曾与我透露秘密，无论生醉熟醉，最灵魂的部分就是选酒，选对了酒，才能味鲜吊舌。以何醉之？江南人喜用花雕，潮汕人喜用老烧，原乡原酒原产，醉出的是乡愁。

胶东之鲜，以何醉之？讲究的青岛老饕首选即墨老酒。这种酒的酿造史可追溯至三千年前，一度作为祭祀品和皇家贡品，取当地特产黍米为原料，推崇一年一酿的古法。古法即天成，和老祖宗一样遵循万物生长的规律，春耕、夏生、秋收、冬酿，不到时间不酿酒。立冬是老酒开始投料发酵的日子，师父会带领众匠徒祭祀"酒神"、祈求福祉，还要为来年的芳醇埋下热切的期盼。同理——不到时间不开缸。陈酿装在陶坛里，陶坛以特制的黏土烧制而成，内外上釉，坛口取荷叶和麦秸土封锁。一坛坛，一列列，一排排，存于酒窖。时间携带着重量感，覆盖了一切，十年，二十年，三十年……老酒以自我的方式呼吸着，不断陈化老熟，越陈越香。

酒选对了，制卤也是关键。老饕们经过多次实践，罗列了一个神仙明细，包括花椒、八角、小米辣、香菜碎、桂皮、草果、香叶、陈皮、生抽、醋、鱼露、梅粉、冰糖、姜片等。若要突出果香味，打造清新口感，可用新鲜橙皮和柠檬替代陈皮，也可用干话梅来提供合适的盐分，让吃口更清爽。万事齐备，按比例投放入锅,与五年以上老酒一起武火煮开,转文火再煮十分钟,冷却备用。蟹、虾、贝、螺,无论品种,一遭断生,冷却,入卤汁浸泡,冷藏一天一夜。

熟醉海货,花式拼盘,一上桌,就闻得到那股老酒的香浓劲儿。从虾虎到梭蟹,从香螺到青口,无不肥肥亮亮。轻挑一丝,用舌微触,鲜咸有料,酒体丰满,顿时生津,其滋味竟然全在这使人微醺的"醉"字之中!于是,满桌子荤素皆被冷淡,众人只在舌尖一敛、唇齿一嘬之间做事,拼盘很快见底,只好再来一盘。至此,对于甘腴厚重的味觉追求,已臻圆满。

厨娘妖娆

琴生有着青岛女子的一切特点，性格爽利，骨架挺秀，长发披垂，眼角上扬。此前她在西班牙定居了十年，那是巴塞罗那附近一个叫贝萨卢的小镇，法国大片《香水》曾在此地取景。中世纪城堡、教堂、犹太人街区，都是又老旧又结实的样子。琴生嫁了"海盗"，一个退休远洋船长，拥有多次环球航行经历，见惯风浪。

这两年，琴生父母年事已高，需要照料，她便偕夫带子回到了青岛。"海盗"很达观，天下偌大，每个人都像一粒随风的种子，他表示随遇而安。于是一家人钻进崂山，在青山村租了个宽绰的农家小院，边过日子边开民宿，凭海临风，乐而逍遥。"海盗"喜欢随当地渔民一起出海劳作，不要工钱，海货顶上就行，他说这里的对虾、海蛎子比西班牙的鲜美。冬天是淡季，房间空下来，琴生就开派对，招呼朋友，看她做最妖娆的厨娘。

琴生的厨房像个迷你的工业产品设计博览会，各种神器都有。中岛操作台宽绰如一张大床。四壁挂了后表现主义的油画，都是出自没有名气的穷画家之手。琴生撇着嘴说，不是毕加索，买得起。

厨房属人间重地。琴生做菜喜欢关上门。厨房难道不应该和卧室一样神秘吗？她这样问众人，使用了升调，却又是一副不容置疑的模样。行走天下，见得多了，上手又巧，她向来憎恨菜谱，讨厌围裙的形式主义，穿上紧身衣才便于剔除大鱼脊背上的整条鱼刺——她从鱼的颈部下侧刀，一刀通到鱼骨，随后刀面紧贴鱼骨滑行，鱼切两片，刀背松松地拍打鱼背，肉和大刺完整地分离开来。

琴生做菜，擅长用很中国的食材调很西方的料，随性大，不重复灵感，甚至做出来的菜是要有点妖气邪气的，否则没意思。伺候一家老小三餐，不叫做菜，叫主妇职责，属分内活计。即便色香俱佳，那色与香的浓度也会因为每天的使用频率而大大消弭。好东西都耗费不起。

至于做菜水平发挥得好或者坏，完全参照当日荷尔蒙平衡程度、前夜睡眠质量、身体状态与空气湿度等等而定。心情好的时候，她可以将整只西红柿去皮，毫无破口，里面却塞满了海蛎肉。装在白瓷大盘里，西红柿明透艳丽，海货滑嫩多汁，一旁缀着扇贝壳，内有秘制调料——至今都没有人猜出来，海蛎肉是如何被塞进完整的西红柿里去的。

一道芥末虾球，香酥金黄的奶油脆皮和滑嫩虾仁之间裹了绿芥末，强横的辛辣冲击着神经中枢，直把众人吃得泪眼相望。一道咖喱鱼唇，口感娇嫩，众人竟找到了接吻的感觉，浑身战栗："么么哒，么么哒……"喊个不停。

琴生还擅做海虹两吃。在西班牙菜里，被叫作红白两式。红式做法是加西红柿、蒜粒、香菜，白式做法是放葡萄酒和迷迭香。"海盗"惊异于青岛的海虹如此物美价廉，他主张满满一锅煮开了，闷头吃上半个小时，吃到见底，汤是奶色的白。

往往是这样，吃着聊着，聊着吃着，到最后，餐厅里什么声音都没有，非常安静，甚至能听得见彼此的心跳。最后一道，琴生把装汤的盘子从柜子里取出，洗好擦净，一勺勺把汤盛入。然后端上桌，再放上黑麦面包。众人低下头去，吸了一口气，再也没有看她，一直到把那盘汤扫荡干净，最后用面包擦净盘底。

"什么汤？"众人在幸福死前，还是决定问清楚。

"没什么特别。知道你们要来，我早晨用瓦罐炖了一只散养鸡，火候到了，把鸡捞出来，再把鸡汤里放了土豆泥和新鲜鱼蓉，重新滚开，加一点牛奶和白胡椒而已。现在还有一大盘手撕的鸡肉丝，大家要吃鸡丝面还是麻辣鸡丝啊？"

"都要！"众人的恭维声四起。

一晚上只是拿着葡萄酒微笑的"海盗"终于说话了："不要表扬她，今天过后，她就会忘记这一大桌子菜的做法。"

鱼香这把密钥

何爷在四川美术学院读的大学,不知是两任巴蜀前女友的阴影面积太大,还是青春里的食味太过铭心刻骨,总之他毕业后回到山东半岛时,已经无辣不欢了。胶州湾的海货鲜中回甘,清蒸、白灼、生醉,都自带一股海风的鲜亮——偏偏就他何爷嫌寡淡,唯下重料才过瘾,生生搞成了巴蜀风情。海边的饕客们看不下眼,怼问之,海里的又不是江里的,并无土腥味儿,你的操作有点不合时宜吧?何爷爱搭不理。生活原本就是呛人的,重口味的,哪来那许多清新雅致。

画室旁边就是厨房,兼做客厅,两张老门板拼成长桌,足有两米半。何爷吆三喝四,每个周末都要聚一聚,来者包括画廊老板、资深藏家、画友同道、美术系女学生,从五〇后直跨九〇后,老少男女,贫富丑俊,都有一个共同的嗜好——嗜辣。何爷常年备有四川辣椒,从朝天红到二荆条再到七星椒,每一种都能辣到让人怀疑人生。吃到难以招架,众人围着长桌子吐舌头,不知道的,还以为他们在演动物话剧。不过,何爷也做了一样好事,就是将蜀地"鱼香"改良，重新定义了。

君不见，饭馆酒肆里动辄就是鱼香菜系，鱼香肉丝、鱼香茄子、鱼香豆腐、鱼香三丝、鱼香排骨，却都跟鱼没有半毛钱关系，只是模仿了巴蜀民间烹鱼时所用的调料和方法，将泡红辣椒、葱、姜、蒜、糖、盐、酱油等浑然融合，终于取名鱼香某某——何爷认为此事差矣，遂决定自制"鱼香"叫板。

具体做法是：川西南的二荆条辣椒、自贡井盐，加少许红糖、红米酒，做成一缸泡菜，后放入一尾胶州湾活野物——黑头、鳗鲡、鲈、石斑等等皆可，封死坛口。坛里的辣椒要放得满一点，保证活野物没有游动的空间，越不动，这缸泡辣椒就越鲜美，于是用这缸辣椒制作出来的菜肴便有鱼之鲜味，故此得名"何爷鱼香"。

有了鱼香这把密钥，一时间，各种食材的灵性被纷纷打开了。比如鱼香萝卜粉丝煲，取潍坊萝卜、龙口粉丝、随州香菇。萝卜喜腥。潍坊的萝卜真叫一绝，林林总总，不同的种植时间，不同的土壤类型，会带来不同的颜色、形状和味道。也就是说，滩地、平原地、梯田地、山坡地，分别生长着不同质感的萝卜。天下萝卜属潍坊，天下鱼香萝卜粉丝煲，就属何爷了。又比如鱼香地三鲜，这道东北土菜经了鱼香提携，忽然就见世面开眼界了，码头气质尽显。

冬至前后，鱼香羊蹄提上日程，何爷招呼众人，该一起进补了。这道菜相当费工夫，要用整个下午去打通食材内在的分子秘密。羊蹄处理干净以后，冷水入锅，武火烧开，再移至小文火焖炖，需经常翻动，以免黏结锅底，炖至八成烂时捞出，趁热剔去骨头……整个前戏之冗长复杂，只为了做好准备，奔赴鱼香的约会，还要搭上胡萝卜和苹果，二者切成茧状，提味去膻。铿锵翻炒的过程中，不断地添加鱼香，终于盛进大海碗，倒入原汁。且慢！还要再上屉用旺火蒸二十分钟，最后翻扣在大盘里，撒香菜和枸杞子。

至于鱼香里的那活野物，无论是什么，三个月后拿出来炖豆腐，简直就是神仙打赏啊。

物极则必反

极则必反之，从新鲜到腐鲜，或许可以从一条鱼说起。

海鲈鱼，不是那条松江淡水鲈。淡水鲈属于南宋诗人范成大："细捣橙姜有脍鱼，西风吹上四鳃鲈。雪松酥腻千丝缕，除却松江到处无。"海鲈鱼则生活在半岛的方志里，集民间智慧和味觉挑战之大成。

海鲈鱼落岸即死，它们以冰鲜的方式出售。肌肉不够紧致，口感偏柴，不及江鲈鱼。若以不饱和脂肪和各种微量元素做参照系，营养倒是胜江鲈一筹的。渔人海耕，日复一日，除了惊险，还有寂寞。不知道哪一天，不知道哪一个耐不住寂寞的先祖，决定通过海鲈鱼的极端吃法来打发无边的苍茫，臭吃由此而生。

事情是这样发生的——早年的渔船上没有冰冻设施，岸上也没有冰库和冰箱，海货极不耐保存，渔人的保鲜方式非常粗鲁，以盐腌之，咸出新境界。而那些来不及抹盐的，经过半个下午的太阳，到了黄昏，鲜臭就会发散开来。

渔人当然不舍得将臭鱼扔掉，他们在月亮底下继续抹盐，试图封锁掉某些秘密，或者用盐转换出某种生机，凭其风吹日晒，等到鱼肉泛红，鱼骨发酥，臭透了以后再上锅清蒸。很快地，意外之喜降临。渔人发现，微臭的鱼，腌制以后再吃更有嚼头。油煎、锅炖或是清蒸，每每惹得半个村子都溢散起腥香，吸溜上两口地瓜烧，任腹中燃起滚滚火焰，一腔刚烈，半生梦回，不过如此。

后来，日子丰饶起来，渔人却离不开臭鱼这口儿了。风味传开，被开发出配搭的辅料和饭食，竟也成了渔家宴的招牌和海鲜酒楼里的传统农家菜系。

城里人将渔人的臭鲈鱼进行了改造。自然臭掉是要花费时日和海风的，而城里人只有高楼和加工佐料，当然还有文绉绉的名字——香煎臭鲈鱼。臭从何来？"天下第一香"的臭豆腐乳。先将其调成酱汁，把海鲈鱼打理干净，沥掉水分，置于其中，腌制四十八小时，取出风干二十四小时。再热油文火，双面燎烤，两三个回合，浸进鱼体的臭豆腐乳渐近七成了，气息弥散而出，是香是臭，是爱是恨，是喜是愁，单凭嗅觉是没有办法说清楚的。

刚煎出来的臭鲈鱼，外皮金黄，还嘶嘶泛着油热，牙齿轻轻一碰，焦香的外皮应声而破，热气裹着娇嫩的鱼肉与舌头接触，味觉的鲜香与酱味的腥臭恰到好处地形成反差，这大概也是嗜臭者迷恋它的原因。品尝过后，诸如口齿留香和久念不忘之类的形容都是贫乏的。

似乎只有凭借着"发臭"这种不可思议的发酵，蛋白质才会分解成多种氨基酸，将普通的"新鲜"提升为更深层次的"腐鲜"，让臭味成为一种刻骨铭心的美味。

更有好事者，嫌臭不杀底，偏要自己制作臭豆腐。把老豆腐改成小方块，放在稻草上，撒盐，比例究竟是二十比三还是十九比四，全在个人灵感与经验。随后将环境保持在二十五摄氏度，经过六七天的自然发酵，即成臭豆腐生坯，再加调制的卤汁。蔬菜汁、白酒、味精、盐，比例拿捏又是一番秘密，浸泡三天，随即臭成了仙。

半岛地区还有一种汤腌臭鲅鱼，也是非要把新鲜海货玩坏了的经典。

鲅鱼不求大个头儿，太大了腌不透，太小也不行，容易碎，两三斤左右的恰到好处。鱼洗净，晾干水分，按顺序一层层码入大缸。码放一层，撒一层细盐，以此类推，五百斤鲅鱼，需要一百斤盐。十多天过去了，盐沁入鱼体，也带走了大约四分之一的水分。接下来的日子，鲅鱼被挪到备好的老汤里，就像进入了一个秘境，一个梦幻国，一个炼丹炉。竹篦子密封之，再用砖头和瓦片压实——都是自然之物，竹子、泥土、石头，淡然的竹青味，敦厚的泥土气，将在接下来的时间与老汤一起重新编辑鲅鱼的基因。

腌制者会说这是一缸缸祖传的老汤，日积月聚，铢积寸累，今年的将是明年发酵的"引子"，而去年的必然是接住了前年的。其鲜美醇厚来自卤水的配方，来自时间的张力，也来自秘制者祖祖辈辈所倾注的匠心。在静谧、幽闭甚至暗黑的发酵过程中，每隔一两个月总要添加一次老汤，老汤始终漫过鲅鱼，就像浪涌漫过小岛。对于腌制者来说，老汤是最要紧的，祖辈的呢喃、牵挂、祝福全在里面了。

就这样持续发酵一年半，正宗的汤腌鲅鱼方才制作完成。时间是个定数，不偏不倚。提前，则发酵不彻底，肉质不够细腻，鲜美度也达不到。却也不可超时，超时会导致鱼肉太过结实，入口没能即化，口碑也就打了折。

腌制者老宋，出身胶州营海地界远近闻名的腌鱼大户，到他这里，宋家的手艺已经传了四代。每年春鲅鱼过境，老宋一大早便守在码头。第一拨渔船带回来当流的鲅鱼，背披青蓝，体型似纺锤，白腹如丝绸肚兜，滑溜溜，光闪闪。如果掰开它们粉嫩的鱼鳃，老宋会想起杏花初开。

渔工把一箱箱鲅鱼抬上岸，老宋把鲅鱼装上车，这两个环节配合十分默契，连贯性极好。随后，老宋须迅速把鲅鱼送往腌制车间。

一切要从老宋的曾祖父说起。许多年前，渔船很小，如一枚树叶漂在汪洋大海里，出海全凭运气，打上来的鱼不能及时送回岸上，保鲜的办法就是以盐腌之。有一年开春，海上大风骤起，曾祖父的船和另外两条船回不去了。幸运的是，船没翻，人还在，只是漂到哪里去了，岸上的人和船上的人都不知道。半年后，借助着洋流，三条船又齐齐地出现在村口的码头，船上的人像被晒干的鱼一样，黝黑得几乎透明起来。因为曾经挂在生命的绝处，再次踩到陆地上，他们百感交集，已经流不出眼泪。

船上那些抹了盐的鱼，曾祖父不舍得丢掉，非说是共度过生死的，吃了才算敬重。没想到鱼肉入口即化，香鲜无比。从那以后，曾祖父就开始炮制汤腌鲅鱼了。汤腌鲅鱼逐渐风行于四里八乡。

20世纪70年代以后，当地开始有了冷库，这项传统手艺被冷落下来。只有老宋的父亲还在操持着。卤水老汤像个传家宝，他父亲固执地以为，年份越久味道越鲜，"好时候"一定还会再来。等到老宋接盘生意，"好时候"果真说来就来了。那个时候，城里人已经吃烦了冰鲜，倦怠的味蕾正急需一些具有生命力的新玩意儿唤醒，老汤鲅鱼就此重振江湖。

现在，在汤腌作坊里，大缸排开，阵仗粗犷糙野。沿直径一米的缸口望一眼，卤水好像暗黑系殿堂，里面藏着祖辈的腌制秘诀，藏着几代人的生活智慧，也藏着时光的况味和命途的轮回。

老宋霸气地说，老汤能把所有的人工添加剂打回原形。

甚至，有了老汤，就有了底气，无论是鲅鱼，还是鼓眼、刀鱼、凤尾鱼、白鳞鱼，都能被腌制出灵魂。腌制时，有些鲜鱼可以从脊部劈开，取出内脏，加盐卤制成"鱼片"，这种手法适用于无鳞鱼。有鳞的鱼则不必开片，取出内脏，加盐腌制成"鱼桶"。腌制除了"鱼片""鱼桶"式，形象帅气的鲜鱼通常直接入缸入池，出品时，全身橙红色，肉质娇嫩，气味清香，俨然成了一条有故事的鱼。

虾皮小日常

"蒜泥虾皮,被老迷钦定为饺子馆的看家小凉菜。不贵,解馋,下酒不掉份儿,配饺子简直就是奢侈。其实,拌虾皮在酒馆饭店里随处可见,大多用辣椒丁替代蒜泥,红绿相间,卖相是有了,讲究的食客却不肯买账。大蒜和辣椒都辣,大蒜的辣能激出虾皮的鲜,辣椒的辣却盖住了虾皮的鲜。辣椒拌虾皮,一筷子入口,霸蛮的辣在舌尖横扫,虾皮的味道反而找不到了。"

在中篇小说《时光细碎》里,我写到了虾皮。故事搭建在一间饺子馆,老迷是饺子馆老板。回顾他的成长史,混沌期有些漫长,人送外号"老迷"。老迷是从"迷汉"叫过来的。在岛城坊间,迷汉属于贬称,特指做事不过大脑、瞪不起死活眼、条理弄不清之人。老迷四十岁才开窍儿,在自家老屋里开起饺子馆,贩卖青岛特色美食,终于展现出匠人精神。

机器加工的蒜泥,为老迷所不屑。还是那句话,少了手上功夫,口味也就欠了。在老迷看来,只有速度和力度成正比例爆发,辛辣才能飞溅而出,香气才能暗生,机器弄出来的,不清爽不彻底,糅

糨烂烂的。一有空闲，老迷就用蒜臼子把蒜瓣儿捣成泥，整个过程没有半点马虎。捣蒜，在岛城方言里称为掼蒜。掼，才有捏紧之意，胶东话有打的意思。这种说法也用于小哥打架，比如人们常说"谁被那个谁掼了一顿"，由此可见爆发力对于"掼蒜"来说多么重要，须用上打架的气力和火力……

小说里，我为老迷所设置的桥段，大多出自口味私心。因为我一直怀念20世纪90年代初期的饮食结构，那时，紧缺已经过去，烂市尚未到来，没有大棚菜，没有反季"怪胎"，不消说转基因这样的"妖魔"。海鲜的时令，菜品的时令，足以昭告节气的变幻。时间在餐桌上流淌，爱与日子都是静静的，轻轻的。

一碟蒜泥拌虾皮，也许最能代表那个时间段的海边生活气质，任何时候出现在青岛人家的餐桌上都那么合情合理。最关键的是，你去问问老青岛，有几个不好这一口的？甚至，迷恋者连它隔夜之后生成的"糊通"味都喜欢，非说就着面条吃别有一番美味，就像臭了的咸白鳞鱼搭配玉米面饼子那般可口。

虾皮三四两，洗一遍，控干水。蒜泥掼好，虾皮已经在盘子里等得着急了，这才把蒜泥倾倒其上，淋麻油，点米醋——先别动！至少在我小时候，这道菜是要端上桌后方才用筷子搅拌的。搅拌也是由重要人物去完成的，似乎在为小凉菜剪彩。起初是祖母，后来是父亲，父亲不在家还有母亲，我几乎没有动手的权利。这关键的几筷子搅拌，虾皮的咸鲜、大蒜的辛辣、醋的甜酸以及麻油的醇香，就完成了升华。

拥有话语权之后，我便发明了一道虾皮的热菜冷吃。油热六分，将虾皮倒入锅里快速翻炒,虾皮变得金黄酥脆,盛出凉透,用圆葱碎和香菜末拌好,撒一把白芝麻,这一出,专门被我用来配玉米碴子咸粥——粥里放了菠菜,挑了蛋花,撒了胡椒粉,还撒了一把油豆腐丁,懒人一锅出。懒是懒了些,可有虾皮配搭一下,就不算不用心了。

虾皮真是最实惠最低微又最能改变食物路径的小海货。一碗放了虾皮的野馄饨,它的街头蛮野里必生出几许柔情。同样,韭菜盒子里若没有虾皮提鲜,韭菜就成了疑似的野草。在与紫菜、冬瓜、豆腐、鸡蛋交流之后,虾皮萝卜丝的相遇才成就真正的碧绿靓汤,其做法也相对讲究。须先用虾皮和八角煮水,煮到汤色发白了,关火备用。另起热锅,油热后葱姜爆香,放入已经切好的萝卜丝翻炒,随后将煮好的虾皮汤倒入,抓两把已经泡好的粉丝,煮一会儿,调味,白胡椒粉不可省却。若要锦上添花,再丢几粒枸杞子,即刻有了"绿娇红小正堪怜"的诗意。

据说青岛本地最好的虾皮来自沙子口一带。那片水域特产一种毛虾,永远长不大,每年季节一到,便相聚在一起,成团成团地出现在近海,渔民用密网打捞上来,就地晒干加工成虾皮。

还有一种虾皮,是鲜虾的皮。尤以青岛本地蛎虾为最好,皮厚壳硬,含钙量高,又是野生的,剥下来的皮壳不要扔,洗净后控干水,用烤箱设定一百八十度烘半小时,再用粉碎机磨成细粉,胭脂红色,很好看。煮混汤面的时候,先用热油翻炒一勺,再倒入热水,水开下面,那面汤便有了颜色和味道,有了红油荡漾,而红色,不正是最能勾引食欲的吗?

吃蟹

李 Sir（先生），海边的爷，前传不详，发家史不详。我认识他的时候，他已是油腻的中年人了。

李 Sir 擅交友，上至达官贵人，下至贩夫走卒，没有他不熟络的。李 Sir 好发朋友圈动态，几张图几行字，搓背的修脚的卖海货的，就粉墨登场了。至于侯门身价显赫者，李 Sir 从未漏过风声。豪爽要仗义是一回事，处世懂避让是另一回事，在此不必赘述。

李 Sir 同样爱吃，纠结了一众吃客，逢大小中外节日必吃上一顿。如果没有节日，就找一个借口。厨子都是外面请来的——流派据每一次的主题而不同。在那些豪横的饭局上，我们分别见识了来自意大利、土耳其、法国、西班牙、印尼的神厨。中国的则精选自苏州、扬州、顺德三地。最有意思的是，这些厨子身份也很特殊，除去业界高手，高级玩票者包括金融高管和艺术家等，出手亦相当不凡。

李 Sir 爱吃也爱采买。说白了，菜市场这块治愈系宝地，他是舍不得让给别人的，他需要随时到那里透透气，激发更多的生命欲望，与摊贩交朋友。在考察了无数个菜市场摊位之后，团岛的胖霞胜出了。胖霞丈夫乃船老大,每次靠岸之前,都会向李 Sir 报备收成。有了这前方保障,李 Sir 才会不停地晒着一斤半一个的大海螺,二两半一只的海捕虾,一片鳞也没掉的野生小黄花……边晒边生成了食谱,比如生烫螺片,高汤是关键。比如贼新鲜的鲐鲅,加西红柿、葱、姜,高压锅压一下。比如清蒸甜晒鳗鳞鱼,咬一口,灌汤包一样,满嘴流油。比如浓汤的鱼杂,能吃出扬中河豚的味道。比如年度第一船活蛎虾,生吃最美,蘸料是日本刺身酱油……

吃着吃着,就吃到了 2021 年秋天,蟹脚痒了,膏腴肥了,海蟹正当肥美,个头大,蟹钳粗,蟹肉紧致有力量,膏腴红艳厚笃,什么调料都不用,上锅一蒸,鲜香之气就能淹没整条街抑或半座城。一个天高云跑的好日子,李 Sir 用微信提前发请柬,聚会名曰"与李渔吃蟹",嘱大家当天下午报到,喝茶洗肺爬小山,月亮升起来的时候就开吃——末了,仍不忘吹嘘,这次要叫板李渔。

李渔是谁?清代文学家、戏剧家是也,另有重要身份——蟹痴。据传,李渔自螃蟹上市之日起,到断市之时终,他家七七四十九只大缸里始终装满螃蟹,用鸡蛋清饲养催肥。那些秋天叫"蟹秋",李渔无一日不食螃蟹。因担心季节一过难以为继,还要用绍兴花雕酒腌制"蟹糟",留待冬天食用,而操办这一切的小丫鬟,被他称为"蟹奴"。没有螃蟹的季节,李渔取瓮中醉蟹过瘾,随后,腌蟹的酒也不会浪费,称为"蟹酿",一直喝到来年螃蟹上市。因此,李渔成了吃螃蟹的绝顶食客,似乎只有经了他夸赞的螃蟹,才是真的"鲜而肥,甘而腻,白似玉而黄似金",色香味极佳,"更无一物可以上之"。据说,李渔一顿能吃掉二三十个螃蟹。这种吃法给他造成了经济压力。一到夏天,他就开始攒钱——这笔钱是专门用来买蟹的,被他称作"买命钱"……

要说叫板李渔,也不是没有条件。李 Sir 的钱够多,又有胖霞提供好的螃蟹,它们来自大公岛、潮连岛、千里岩的周边海域,生长水温低于南方的螃蟹,肉质鲜甜而紧密。他跟胖霞预订了三大筐雌蟹。俗话说九雌十雄,农历九月吃雌蟹,农历十月吃雄蟹,李 Sir 从来不会记错食材的时令。

吃蟹是秋天里最为隆重的事情。当晚共请了三个厨子,都是"厨神"级别。苏州的,据说去年刚从百年老店松鹤楼退休。马来西亚的,据说在吉隆坡阿罗街上有两家夜排档。还有一个是青岛本地的,号称海鲜酒楼界的名人。

头一道,蒸,保持原味。一锅螃蟹,蒸到一半时就香气四溢了。李 Sir 招呼大家把白葡萄酒斟满。"蟹螯即金液,糟丘是蓬莱。且须饮美酒,乘月醉高台",就像李白说的那样。第二道,葱姜炒。起锅前放花雕,蟹味夹着酒香。第三道,葱油倒立蟹。先在碗中打入蛋清,螃蟹逐个切半,倒放,熟后浇以葱油。因为有蛋清打底,蒸时流出的蟹鲜味儿丝毫不会浪费,与蟹肉融在一处。

三道相对简洁的上完,青岛本地厨子进来敬酒,不用说,三道都是他的作品,地道的青岛做法。他说

接下来一道稍微花哨些，田园蟹。果然，土豆、番茄、洋葱、线椒等炖至半熟后加入切开的蟹，收掉汤汁，荤素一锅端，美得难以形容。

随后是避风塘炒蟹。苏州厨子上场了。他把蒜蓉拿捏得甘口焦香，脆而不煳，蒜香味与辣味、豉味结合，达到了一种平衡。第六道，火腿螃蟹炖豆腐，螃蟹的鲜，咸肉的咸，豆腐的嫩，这道菜是不用加任何调味品的，而且好吃得要命。

味蕾经过如此密集的欢愉之后，略有疲倦，一道汤羹蟹带来了放松感，亦像螃蟹宴的一个中场休息，众人碰杯，笑谈，点评着刚刚撤下的菜式。月光抽出银线，丝丝缕缕，将这人间不常有的美好包裹起来。

先清淡后肥厚，先质朴后浓烈，这是上菜规律，也是万事渐进的过程。第七道，奶油焗蟹钳。蟹钳是需要消磨一些时光的，趁机可以多喝几杯。再斯文的青岛姑娘也没有用夹子的习惯，聊着天，她们蛮横地咬碎了硬实的蟹钳，"嘎嘣"声在唇齿间爆裂，一瞬间，仿佛这天下顶级的享受都被神经送回了大脑。第八道，东南亚"咖喱蟹"，金黄的色泽已然诱人，更别提味道了，任谁也把持不住。以前我见过一个平日里吃饭如同数米的家伙，但凡碰上咖喱蟹就会变成饭桶，连吃两碗都不带后悔的。当晚的咖喱蟹配的是烤面包，搭着浓香酱汁一起入口，好几个人用面包把自己的盘子擦得干干净净。

第九道，黑胡椒蟹，号称新加坡第一美食。这道蟹汇集了中式酱油、印度黑胡椒、马来小辣椒与西式牛油，如此无界限，似乎就是为了造就一种特立独行的"冲鼻"感。黑胡椒的颗粒嵌入蟹肉，蟹壳也被熏染上微焦辛呛的黑胡椒香。于是，一边啃一边会被黑胡椒的辛辣刺得呼呼直喘，同时伴随着每个毛孔的绽放，热汗直流，感官享受绝对立体。真是地道。想在新加坡吃到也需要碰运气。这道蟹再次证明了老坤出口绝无虚言，之前他曾拍着胸脯说把吉隆坡阿罗街上最牛的大厨请来了，看来是真的。

香辣蟹端上来的时候，很大一锅，集结了炸花生、笋块、木耳、芹菜、藕片等配菜，以及干辣椒、花椒、野山椒、灯笼泡椒、葱姜蒜等一干大料，红绿黑白紫，喧嚣着，沸腾着，十足的江湖派头。把锅里的螃蟹吃光以后，添水做了麻辣锅底，煮了手工拉面。

十道蟹宴，十全十美，都是老坤的用心。临了，大家都不能再多吃一丝一毫了。李 Sir 说要请苏州厨子把剩下的大半筐螃蟹做成蟹粉，冬至以后吃火锅的时候，众人再来享受蟹的另一种境界。

怎么做？众人又好奇起来。

这个时候，三位厨子已经入席，众人不停敬酒，就差献出膝盖了。苏州厨子说，做蟹粉是功夫活儿。

螃蟹蒸熟后凉透，开始拆件，"脐腮心胃不可食"，拆的时候准备一碗清水，专门用来洗粘在爪壳上的蟹黄。用猪油爆香葱姜末，倒入剥好的蟹肉和蟹黄，随后倒入剥蟹时的那碗水，慢慢推匀，转小火慢熬至水干，最后放入适量食盐调味，趁热装罐密封即可。猪油要略多一些，这样利于蟹粉的保存。

"哦，原来你们苏州的蟹粉狮子头、蟹粉年糕、蟹粉豆腐羹、蟹粉炒粉丝、蟹粉小笼，都离不开蟹粉这恩物啊！"众人唏嘘。

苏州厨子笑笑。他的身上除了苏州人特有的白皙干净之外，又有种见过大世面的淡定以及隐藏在肉身深处的清高。他接着说，更奢侈的是秃黄油，苏州方言，"秃"字即"只有"或"独有"之意，"黄油"者，高纯度之蟹粉也，不容一丝蟹肉混迹其中，因而不同于夹杂了蟹肉的蟹粉。出蟹后只取蟹膏蟹黄，加熟肥膘肉末，以葱姜爆香，用黄酒焖透，高汤调味，再次淋上猪油并撒胡椒粉而成。古法之所以只选用猪油来制作"秃黄油"，一来是因为猪油能把蟹黄和蟹膏的美味推到极致，二来是因为猪油可以隔绝空气，严密地封住容器里的蟹黄蟹膏，在没有冰箱的时代起到了保鲜作用。

众人再次感叹吃蟹的精华部族永远在江南，唯江南人把蟹吃出了仪式感。这一点，从古代开始就已经给出了无法推翻的答案。当然，李 Sir 的蟹宴场面，也算在当代的中国北方将吃蟹演绎到了极致，李渔若在，也是要点赞的。

诸神拌饭

如果没记错的话，应该是2017年的金秋十月。食神蔡澜过境，在青岛书城举办读者见面会。青岛出版社刚刚为蔡先生出版了两本散文集，一本写食，一本谈色，食色之人生，表面上虐味觉也虐荷尔蒙，实则哲理如暗器隐藏，锋利和独到，哪一样也不少。

或许为了让活动显得更有层次，出版方决定找一个青岛本土女作家与食神对谈。不知怎的，就找到了我头上。我原是怯于走近明星人物的，却又不能负了青岛出版社这些年来的知遇之恩、师友之情，只好应下。

那年蔡先生已经七十六岁，气质气派均卓尔不凡。如媒体印象，面色自是红润，头发自是雪白，但跟鹤发童颜扯不上干系，风流倜傥不失儒雅是也。谈色，蔡先生口无遮拦，幸好他的普通话不标准，多有意会难通之处，不然情何以堪啊！论吃，我倒是听明白了一件事——蔡先生的"死前必吃"菜单里，有一份热腾腾的猪油拌饭。犹记当时，他还悠悠地补充了一句，这是离不开好酱油的。

我之所以听得那么明白，与曾经看过林清玄的一篇文章有关。

林清玄写道，在贫困的岁月里，也能感受到某些深刻的幸福，添一碗热腾腾的白饭，浇一匙猪油、一匙酱油，坐在厅门的石阶前细细品味猪油拌饭的芳香，那每一粒米都充满了幸福的香气。他还说，人的一生很长，都漂泊在路上，但谁都想回家，尝一口猪油拌饭就安心了，在外摸爬滚打少不了一身伤，就这一口是最好的安抚。

前后一对应，我当场饿了起来，旁人不易觉察，我却在偷偷地修建一条从味觉到灵魂的专用隧道，唯愿活动早点结束，好回家吃上一碗不输给猪油拌饭的鱼冻拌饭。

从书城出来，我直接拐到鱼市，买好鲈鱼和各种配料，奔向厨房，紧着打理起来。热锅温油，葱段、老姜、蒜瓣、花椒、干红辣椒、八角等一干大料爆香，把切好的鱼块放入锅中，翻炒几分钟，加水，水量没过鱼块，大火烧至沸腾，放入少许黄豆芽和黑木耳，加老抽、醋、数颗冰糖、料酒，以文火红焖，将汤汁收去四分之三，撒一把香菜碎，起锅，装入大碗，鲜香氤氲了整个厨房，又飘出窗外，想那路过者无不深深嗅闻并辨别一二名堂，在心里赞赏这美好的气味。

我让自己忍住。一筷子也不动。凉透，密封后，放入冰箱冷藏。第二天是周日，照例早起，不慌不忙，量米入锅，做小米杂粮饭，待饭熟香溢，开水焯几片生菜叶子，铺在平底大盘里，像给大人物的驾临铺好红毯一样。万事俱备，再把昨晚的红烧鱼从冰箱里取出，直接倒扣在盘子上，必定是一个完满的圆形，必定已经凝固为Q弹的红烧鱼冻。撒一把细碎葱花，淋几滴香油——这时候，无须再忍了，食欲的跋扈已经将一切顾虑扫荡殆尽，在它的驱使下，我不假思索地用筷子夹起一块鱼冻，趁早晨味蕾刚刚醒来没有遇到任

何滋味干扰的纯洁时刻，让这块鱼冻从舌尖慢慢融化，鲜美一丝丝荡漾开来，形成涟漪，在口腔里掀起幸福的涌浪。我不禁顿悟，鱼肉之精华，原来是在凝冻之中。怎么形容好呢？那种醇厚的感觉是鱼汤的浓缩版本，也是鱼肉冷却愈显紧致所带来的咀嚼的分量感，在舌尖上滑来荡去，绝无丁点儿鱼腥之味。趁着鱼冻尚未完全融化，咽下肚去，五脏六腑似乎都得了早安。

赶忙盛一碗小米杂粮饭，爽气地盖上几勺澄亮鱼冻，静观其变——在喧腾的热力下，它渐渐柔软，缓缓融化，酱色染了每一颗饭粒，而我内心的喜悦难以言喻。拌匀之后，米饭的香软和弹性配合着鱼冻的润滑，一勺在口，鲜香倾城，不愿多言，不宜多想，只全身心地享受这顿滋味十足的早午餐。

历来"千滚豆腐万滚鱼"。鱼在炖煮时，一种叫作生胶质的蛋白溶解于水，随温度降低，凝结成冻。而且炖煮的时间越长，各种氨基酸越丰富，鲜味自然生成，鱼冻的奥秘正在于此。

相较于云南酸辣鱼冻、东北水晶鱼冻的地域性招牌地位，鱼冻在青岛不成菜，更不上讲儿，不过是依生活经验累积而妙得，属意外之喜。20世纪80年代初期的春节，一碗没有吃完的红烧鱼被端到违章搭建的厨房里，夜里气温降到了零度以下，隔天自然成冻，剩菜竟然有了晶莹模样，纤维呈走势凝结，琥珀一样。这是我对鱼冻的最初记忆。再后来，邻居庞叔的跛脚儿子娶了个河套媳妇，她来自胶州湾北，祖父辈都是打鱼出身的，在当时的"街里人"看来，这跟娶了农村媳妇并无两样。

婚宴当日，庞叔家里摆了两桌，又在偌大的庭院中央搭起临时棚子,另摆四桌。六桌流水席,从中午一直吃到晚上。河套媳妇娘家来了不少人。海货搬来两大箩筐。现在回忆起来,那个婚宴几乎就是个全鱼宴。凡是在秋汛里穿梭的鱼种,几乎都在婚宴上出现了,又大又新鲜,闭眼的都没有,整齐划一。大舅哥二舅哥三舅哥齐刷刷地坐着,笑谈声像海水涨潮似的,一波高过一波。至于河套媳妇,我越过憧憧人影,看见一个红色剪影,局促又羞涩。

河套媳妇一口浓重的后湾口音,皮肤微黑,除此之外,也看不出与城里人有什么不同。嘴甜人勤快,行事懂退避,很快赢得了全院邻里的好感。包括她娘家人,也是颇懂相处之道的,逢时令鱼汛,逢年过节,海货送得相当大方。在物质匮乏的年代,庞叔家违章搭建的厨房里总是飘出炖鱼的香气。邻居们羡慕地说,这渔村媳妇娶得划算。

记忆最深的是,每进腊月门,河套媳妇娘家人都会送来二三十条上好的艇鲅①鱼干,此鱼丑,黑脊背,尾短,呈圆锥形,肚皮布满肉刺,摸起来粗粝扎手,像武士丢弃的盔甲。鱼丑,河套媳妇却看不够——还要捧在手上深情地嗅着,一遍遍摸索,像摸索着渔村往事,那一刻,任谁都能看出她是想家的。庞叔问,怎么吃?她说,做鱼冻。

春节前,河套渔家都要做上一大盆艇鲅鱼冻,就像蒸年糕、做馒头一样隆重。这是能吃到正月十五的主要下酒菜。河套媳妇十八岁就会做鱼冻。她的母亲也是这个年纪从外祖母那里学会的,又传

---

① 编者注:学名红鳍东方鲀,体内含河豚毒素。

给了她。干鱼浸泡一夜，鱼体变软，褶皱的肚皮舒展开来，冲洗干净余血，焯水。再重新换一锅清水，放入干鱼大火煮沸，三十分钟后冷却。将干鱼取出，撕碎，挑出鱼肉备用，鱼骨、鱼刺、鱼肚皮继续放入锅中，煮至沸腾后改用小火，慢炖三十分钟后将鱼骨、鱼刺、鱼肚皮用笊篱捞出，锅内只留乳白色汤汁。最后将已经切好的萝卜块、葱、姜、蒜和鱼肉一起入锅，开锅后调味，冷却一夜就可以吃了。鱼冻透明晶莹，中间夹杂着青绿萝卜块和鱼肉，一层一层，相当壮观。经庞叔同意，河套媳妇会切下几大块分送邻居。

我父亲是个爱吃之人。在品尝了河套媳妇的艇鲅鱼冻后，彼此之间关于吃的谈资也多了起来。父亲说，这鱼脾性暴烈，一遇袭击就鼓起肚子挺立长刺进行防卫，老青岛管它叫"气鼓子"。这鱼的血液和内脏有毒，只有老把式会放血，青岛人是不碰的。河套媳妇说，我爹我伯我叔都会收拾这鱼。连我大侄子都会呢。记得小时候，我娘曾用厚实而有韧性的鱼肚皮给我和弟弟做了好几个拨浪鼓……他们在违章搭建的厨房门口说话，带着那个年代独有的温暖。就像时间凝结在了鱼冻里一样，温暖也凝结在了时光深处。

从猪油、酱油、鱼冻，再到海鲜酱、鲍汁、红烧鱼汤……能把一碗米饭拌到好处，拌出惊艳，必是得了神助。人们从来没有停止对各种神物的拜访与尝试。鲜味尽显，香气四溢，这样的时刻，仿佛灵魂也被一起搅拌了。

柔软和坚硬

附生的海蛎子，在演示一门人生哲学。它依照礁岩的走势，完全臣服于环境，不抗争，不纠结。这是表象。实质上，它完好地保有了自我的强硬，在坚硬的外壳上书写着锋利的诗行。任海潮拍打，它遇强则更强，它甚至期待海浪来得更凶猛一些。超出想象的是，就在这强硬的外表底下，是一颗永远柔软而鲜嫩的内心，有弹性，汁水饱满，只要活着，这颗心就永不枯槁。

海蛎子的身上体现了奇异而极端的矛盾，它兼具柔软和坚硬，它能把肉的蛋白质和壳的碳酸钙结合得那么完美，可谓刚柔并济。终其一生，海蛎子都在化学和哲学上演绎着某种对立。

父亲的少年时代，通往小青岛的栈道还是条土路，潦草地搭建在礁岩上。礁岩迎接风浪的一面，海蛎子丛生。每年10月到次年3月，海蛎体内的糖原和甜菜碱达到了最高值，鲜美口感正来源于此。20世纪50年代的餐桌，菜品简单粗陋，青岛人家却有些特权，这得益于大海的恩赐。父亲在鲁迅公园海域捞过海冻菜，搂过裙带，挖过蛤蜊，照过螃蟹，当然也撬过海蛎子——他拥有一个木柄铁钩子，撬海蛎子的时候锋利而精准。与父亲相同，海蛎子也早早地进入了我的生命。当我向大海狂奔而去，在红色礁岩之间，海蛎子灰白一片，退潮时分，愈显壮观。接下来，我重复着父亲的壮举，餐桌上也重复着相同的丰赡。

关于海蛎子，胶州湾离岛的渔民一定赞同原味生吃：先来一口原汁，再把蛎肉吞下。他们说，第一只，匆忙地经过了喉咙；第二只，鲜咸之中有些甘甜；到了第三只，就仿佛是海洋一下子涌到了口腔里，就此，一个新的世界打开了。至于浸润着海蛎肉的新鲜原汁，其实就是海水。好的原汁，清澈，不浑浊，是海蛎子最佳的生长地。一只新鲜的海蛎子如果浸润在原汁中，即使开启了三天，也能保持鲜嫩。

在早晚集市上，可看到海蛎子堆积如小丘的摊位，灰白带蓝的颜色，铮铮的外表，新鲜的潮水气。渔妇用改良后的螺丝刀不停地"剧"蛎壳：刀尖朝壳尾缝隙一搭，一撬，持刀的手腕一转，一抠，立马就可以将蛎肉剔出。买上两斤海蛎子肉，拿回家，笊篱上控掉多余的水分，揽几刀，再把黄瓜擦丝，放盐杀完水，和海蛎子肉搅在一起做饺子馅，速包速下，无比鲜美的黄瓜蛎黄饺子就出锅了。

最入得了寻常日子的是蛎黄面，汤水相依，属于温暖的治愈系。面是手擀的，样貌不佳，怕什么，筋道就好。香菇切丁，爆炒，加入开水，下面，滚开后放入蛎黄和韭菜，倒入蛋液，再滚开，就是灿黄翠绿的一锅鲜了。除此之外，海蛎子肉还有清蒸、软炸、生灼、炒蛋、煎饼、煮汤等多种做法。其中的软炸，是将海蛎子肉加入少许黄酒略腌，然后蘸上面糊，煎至金黄色，以酱油、醋佐食。吃关

东煮时，用竹签将海蛎子肉串起来，放入沸汤滚一分钟左右，蘸任何料汁都不会失误。也曾有大厨告诉我，海蛎子配以里脊肉片和姜丝煮汤，汤白似牛奶，鲜美异常。

海蛎子经常化身牡蛎，出现在外国名著里。"像牡蛎一样，神秘、自给自足，而且孤独。"《圣诞颂歌》里，牡蛎是狄更斯笔下心慈面冷的老资本家。在《写给牡蛎的情书里》，它是费雪亲密的情人。蒂姆·伯顿把它看作那个永远湿答答的小贝壳山姆。当然，它也是常滑入法国人喉咙里的尤物，是男人们说起来就要色情地笑上一番的段子。生蚝是牡蛎品种中个头比较大的一种。法国蚝乃至欧洲蚝大多在秋冬季节最棒，因为这个时候的欧洲偏冷，在冷水中生长的蚝肉更为肥美，于是也就有了在欧洲以"R"结尾的月份最适合吃生蚝的古老说法。

有很长一段时间，我搞不清海蛎子、牡蛎、生蚝之间的关系——海蛎子在青岛太平价了，如果说生蚝和海蛎子是亲戚的话，我怎么也想不通它们到了法国米其林餐厅竟身价翻了百倍。事实上，它们是一回事，同族同宗，体量与营养含量的悬差皆拜不同海域所赐。

海蛎子是中国北方海域的叫法，牡蛎是学名。生蚝也属于牡蛎科，个儿大，夸张一些的带壳可达一斤，肉呈白色，多野生或养殖在江河入海口，半咸半淡的内湾浅海是它们的聚居地，因壳大肉肥，尤其适合炭烤。

亲爱的海蛎子与海蛎子宗亲，越是强硬的外表越有柔软的心意，这份生存的哲学也许有助于鼓励我们穿越生活中无情的甲胄，去触及隐藏在其背后的温柔。

伏天混汤面

农历六月初一的饺子刚刚吃完,第二日,就是入伏的面。辛丑年三伏,从农历六月初二到农历七月十三,伏季四十天,我认为都适宜吃面。冷面热面尽可作为选项,我通常勾画后者——煮一碗混汤面,放醋、白胡椒和辣椒,把暴热暴辣暴汗演绎到极致,吃到全身蒸腾,像浸在水里一样,竟也爽了。

一碗混汤面,合着一方水土的风物习俗。汤水相依的感觉,总是熨帖而充实。它允许懒人做法,葱花爆香外加几片叶菜和小撮海米便可尽美;允许豪华出演,翅参鲍虾都在一个江湖里也不嫌多。

作为一个混汤面爱好者,我深谙对待一碗好面应该是面面俱到的:面要吃,汤也要喝,汤面两全,功德圆满。混汤面,最要紧的是连汤一起喝掉。汤里,麦子的醇香,海货的鲜香,蔬菜的清香,那么完好地融在一起,互为帮衬,互为提携,浓稠着,混沌着,真是幸福得紧啊。

辛丑年农历六月十二,入二伏,第二日大暑,蝉鸣响亮,周遭闷热,唯有继续吃面——比如小油菜蛤蜊混汤面。小油菜洗净,豆腐皮切成丝，蛋液打匀，待新鲜的蛤蜊汤烧开，下面，滚一滚，放入油菜，倒入蛋液，放胡椒粉和盐，撒葱花淋麻油，再滚一滚，出锅，盛入特大海碗，碗口最好大过自己的脸，当五官被熏得热腾腾的，一阵紧似一阵的感动也会贯彻心扉。

比如海蛎黄瓜混汤面，新鲜的海蛎肉先放到笊篱上控水，然后揽上几刀，热油花椒爆香，倒入海蛎子肉迅速翻炒，紧接着滚水煮汤，下面，放金针菇，放玉兰片，最后放入黄瓜丝——在这里，黄瓜丝只是走一下流程，似乎它一入锅，就宣布大功告成，可以盛碗了。

比如墨鱼仔混汤面。墨鱼仔破肚取胃，灰白的墨鱼骨却不必取出，极轻，扁舟一样的形状，入中药既是"海螵蛸"，归脾、肾经，有收敛作用。所以，我会带它一道煨煮，让治愈系自然而然地融入面汤里，散发出些许药膳的气质。

墨鱼仔长大后变成了乌贼，失去天真，它们开始行踪不定，每次成群出动时都有不同的路线。乌贼会随情绪变化而改变自己的颜色和大小。它们一旦跃出海面，就具有惊人的飞行能力。五六月，正是乌贼从深海游向浅水内湾产卵的时节，它们寻找海藻或其他附着物。渔民们将树枝之类的东西捆成一束一束的，投入海中，引诱成群的乌贼游来产卵，再张网捕捞。

乌贼以"喷墨"作为逃生的方法——倘能逃过人类的网,就极有可能成长为乌贼王。

当然,成为王,需要何等的运气。绝大多数的乌贼只能成为人间恩物。乌贼用于自救的墨囊还是人类的贵重药材,经加工后不仅可用于工业生产,还能制成止血药,专治功能性出血。日本人发现乌贼墨汁中含有抗癌成分,便用来做面包,其价格随之腾贵。我用它做面条,亦知其金贵。先从墨囊里取一小块墨汁,入清水里,用手捻化开,加少许盐和一点小苏打,然后用这一碗忘情水和面,和成深灰色面团,使劲揉出光滑如重磅丝缎的手感,饧发三十分钟,擀成面皮,对折再对折,切成半厘米左右宽窄的手擀墨鱼面,煮七八成熟,暂放一边。另起锅热油,葱姜爆香,放入切好的墨鱼条翻炒一下,再放入海裙子和黄瓜片略炒,即刻倒入开水,倒入事先煮好的面条,同时调味,汤滚即好。

热天混汤面,竟让我想起江苏人逯耀东和陆文夫所写的陈年饮食,一笔一笔,很多情很多汁,件件细节,都是苏杭熟天下足。逯耀东幼时上学,走出家门,从仓米巷,经护龙街,到朱鸿兴,停下来,先吃碗焖肉面,然后再去学校。陆文夫则是写尽了老苏州对于"头汤面"的迷恋——凌晨四点半,赶去老馆子,只为等开门第一锅清水煮的第一批面,面烫、汤烫、碗烫,即便在数九寒冬,食之也能冒汗。老苏州讲究趁热吃,三五分钟内把面吃完,如此才是原汁原味。

对于做菜做饭,我总是有着无尽的想象力和记忆力。我非常迷恋简单的食材经过智慧与巧手之后所带来的繁盛——这是写作之外的另一种创作,是艺术。

一棹春风

棹，多见于唐宋诗词。这个字一出现，文风昭然，或出离或遁世或逍遥。从晏几道的"棹歌声细不惊鸥"，汪存的"棹双桨浪平烟暖"，史浩的"棹船归去歌声杳"，苏轼的"独棹小舟归去，任烟波飘兀"，再到陆游的"短棹沿洄野兴浓"，关汉卿的"棹搅碎江心月"……哪一句也离不开闲野之心、云鹤之意。

当然，将"棹"字用到绝妙的还要属南唐后主李煜。后主之遁世，好像是天赋。三十八岁之前，当皇帝，混后宫，风花雪月，纨绔浪荡，他几乎没干过什么有价值的事，除了写写词。三十八岁之后，身份逆转，从南朝天子到北地之囚，除了写写词，他什么都不能干。所以，"一棹春风一叶舟，一纶茧缕一轻钩。花满渚，酒满瓯，万顷波中得自由"——渔夫驾一叶扁舟，划一支长桨，迎着春风，出没在波涛之中。时而举一根丝线，放一只轻钩；时而酒壶在手，看春花已满沙洲。在万顷水面之上，何等潇洒自在——后主的彼时心境，我等理解还是误读，已经不重要了。

船桨不仅划出了春潮，还划出了春风。二者其实是一回事，千百年来不曾更改。君不见,年年春风一起,便有春潮飞鱼了。从立春到惊蛰,黄河凌汛时节,冬眠醒来的梭鱼集群游往入海口觅食。它们睡了整整一个冬天,腹内杂物几乎为零,最是肉质肥厚鲜嫩之际。

青岛,开凌梭打头,春潮一天比一天涌动。胶州湾大沽河、墨水河、白沙河、李村河等入海口,渔家每天凌晨时分撒网捕捞,天亮之前捞起上百斤,不必拿到市场叫卖,就被守在岸上的鱼贩子抢光了。河道治理,水质改善,梭鱼一年年多起来,渔家有时还能捞上鲻鱼和逛鱼。真正的开凌梭,捕捞仅限于惊蛰前十几天。这道春鲜怕是最计较时间的。过了期,只能称为梭鱼而与开凌无关了。严肃讲究的食客,一年里就静候这么几天,定要尝鲜。纵是防疫常态化,也要戴上口罩,装备扎实,去岸边买回一手货——错过,便是明年了。

开凌梭的做法相当任性。青岛人似乎要把憋了一个冬天的灶上灵感借助它宣泄而出。还是那句话,食材好,怎么做都好吃。懒人清炖,不刮鳞也不必剖肚,只需清水文火慢慢炖煮,炖出的汤汁乳白,盛在浅钵中,撒香菜碎和枸杞子,白玉之上红绿逢春,还等什么。

这边,开凌梭让吃相失守。那边,岸上的迎春花引情愫骚动。迎春先于百花,不畏寒威,不择水土。纷纷攘攘的枝条上,鹅黄小朵已然团团簇簇。或栽路旁山坡,或作花篱护墙,或植岩石园内,实乃"东风第一枝"。在青岛赏迎春,可去信号山公园、高雄路护坡、珠海路、龙江路护坡,还有城市北部的楼山公园、烟墩山公园、牛毛山公园等等。有开凌梭尝鲜者,将山野多年生迎春老树桩移入盆中,做成盆景,对之自酌一份把持春情的仪式感,可谓隆重到了家。

惊蛰后的崂山海岸,泥蚂在水湾软滩中爬行。其外壳薄透,颜色灰白。当地渔家人多有从小捡泥蚂的经历,对这种指头肚儿大小的迷你海货颇有依存感。尤其在物质匮乏的年代,老人少年,男人女人,退潮时穿着水鞋,提着小桶,沿滩涂走上几趟,就能有小半桶的收获。回家后清洗干净,倒进烧热的老铁锅,不加水也不加盐,反复炒,泥蚂壳变色就熟,不待盛出,掌勺人就会迫不及待地尝春鲜——用嘴夹住外壳,稍微一吸,泥蚂肉便扑进了唇齿之间。瞬间,春天来袭了。

3月吃泥蚂,赶海人不会耽搁。而在他们身后,十梅庵的梅花正艳丽怒放。往年三四月,十梅庵都会举办梅花节,丰后、绿萼、雨蝶等梅花品种齐聚,梅园里万株斗艳,暗香浮动沁人心脾。传说,曾有十位美丽的女子在此结草为庵,结伴修炼,终于得道成仙而去,留下十株高大的梅树,花盛时节似朝霞,如瑞雪,后来才有了"十梅庵"这样一个传奇的名字。

春分前后,杏花成海,也像在下雪。最好看的杏花,要去崂山北九水和城阳棉花社区相遇。一阵风,一个样儿——先是苞蕾未放时的蓄红,人称"红蜡半含萼"。再至初放粉薄红轻。而杏花雨嫩,花开一定会伴随着春雨,所谓"杏花消息雨声中"。雨细才有杏花香,含蕊渐渐舒展成胭脂泪,暗香愈显清高。待晴空日熏,花色残白了,其实已再无含蓄。只见团枝雪繁,香气早已张扬开来。过了3月,便是半落春风半在枝了。

杏花开时,头汛的面条鱼已经近岸。杏花落了,面条鱼的汛期远未结束。它们从外海游回近海产卵,在蓝色里布设银之舞,越来越密集,越来越闪烁。面条鱼一指长短,形如玉簪,银亮明透,生命期只有一年多,寿命最长的也不会超过两年。大多数面条鱼产完卵就到了生命终点,不是无声死去,就是成为食肉鱼类的口粮。面条鱼的一生似乎只为了这支银色的舞——舞中的卵,沉到水底发育,在干净的泥沙里成型,随后游向外海越冬,来年春天再游回近海赴银舞之约,产卵,死亡。循环往复。

春分之前,只要潮水合适,渔民们会天天出海,早晨四五点钟就赶到了作业地点。"往年一网就能捕上来一万多斤,好像海里全是这些鱼群,现在一网下去,产量都不到往年的一半儿。"早春的码头上,老把式会这样告诉我。面条鱼对水质和环境非常敏感,它们喜欢在冷水中生活。全球气候变暖导致海洋温度升高,面条鱼只能从近海逃往深海,甚至往纬度更高的地方聚居。

面条鱼的家常吃法,首选油炸。油炸既能保证鱼身完整,又给舌头带来了外皮爽脆内里鲜嫩的层次感。若要花点工夫,可以来一道椒盐面条鱼:先将拍过干粉的面条鱼炸酥,捞出沥油;再将青、红椒末,圆葱末炒香,椒盐调味,烹入花雕酒;最后把事先炸好的面条鱼倒进去,颠勺,盛盘。

面条鱼炒韭菜则属于食材的"双赢"。你想啊,头茬韭菜蓬勃鲜嫩,正是对的时间遇到了对的鱼。整

个过程务必轻巧不拖沓，因为这鲜鱼这嫩韭都经不起过多的搓揉。还有一种做法是将面条鱼过热油，通体金黄后捞出，控油，凉透，拌以黄瓜丝、葱丝、杭线椒、圆葱丝，用醋、生抽和冰糖调味，酸甜辣鲜香，风味杂陈而饱满。

每年 3 月下旬，蛎虾从越冬的地方洄游产卵，怀春而多籽，且携带着冬养之后的肥美。蛎虾，学名鹰爪虾，红白相间的壳，粗糙易剥离，是青岛人最喜欢的海虾。因其出水易死，海货市场上是难以见到活蛎虾的。卖相不好不打紧，识货的青岛人知道，蛎虾的野生气质是养殖虾不能比的，前者紧致，后者松垮。

青岛本地以沙子口蛎虾为正宗。4 月的早晨，沙子口每天都有专门的捕捞船载着蛎虾靠岸，只是不到中午就被抢光了。蛎虾生长周期较长且不易养大，相关养殖技术也不成熟，只有靠野生捕捞，近年来价格一直居高不下。蛎虾还是岛城特产"金钩海米"的原材，码头上每天都有加工商过来收购新鲜的蛎虾，一买就是上万斤。

与蛎虾同时上市的还有虾虎。公的个大肥美，母的虾黄诱人。人们一边抱怨着如今买两斤虾虎的钱在十年前能买一盆，一边仍要买回家煮上半锅，过过瘾头，最后还要在微信朋友圈里晒一晒手指上被壳刺摧残的痕迹。

春风一棹，春潮飞鱼，春鲜几道，春天几何。时间不会停滞，错过鱼汛和花期，只能等待来年，唯掐指的计较才是青岛人家的精致态度。咬春咬春，是活出滋味的倔强，也是对于季节的敬意。

亲爱的烟火

没在深夜的马路牙子上喝一碗胡椒面过量、虾皮紫菜香菜齐活儿的野馄饨,你等于没来过青岛。没在空间逼仄、门脸蹩脚的啤酒屋里,歪歪拧拧地醉到断片儿,你还是等于没来过青岛。野馄饨和啤酒屋之于青岛,就像苍蝇馆之于成都,过早铺之于武汉,泡馍馆之于西安,都是亲爱的烟火,市井深处的浓烈。

退路进室之前,晚上九点到凌晨四点,前后出入不超过半小时,野馄饨的江湖最神武。锅铲在老板手中铿铿锵锵,说时迟那时快,避过溅起的飞油和腾起的火焰,向半锅虾虎撒下神秘粉状物,猛地扣上锅盖,几分钟后,世间纷繁便沁入了那些硬壳。食客们两眼放光,啤酒杯撞得咚咚作响,方能抵住眼前的冲天热辣。下个回合,老板又爆出几盘钉螺,辣香之气逼得众人节节败退。

午夜过后,老客新客继续循香而来。除了逛吃到此的外地人,还有加班多时的"社畜",酒局脱身的醉鬼,蹦迪归来的潮姐。无论何方神圣,统统扯下矜持,坐在马扎子上,把馄饨吸到滋溜作响。男人已经拉高了嗓门,变得无所畏惧,原来在这嘈杂又粗野的摊儿上，白日里再拘谨的也将重获自由。外地人则学着青岛土著的样子，用倒装句点单，老板，下四碗馄饨先。随后抄铁盘去挑串儿，垒得小山一般高。先囤积腰围，再得上令人想去死的痛风，若非此番修炼，这座城市的妖娆不会向他们徐徐打开。

遥想当年，台东野馄饨一霸是老谢，在延安二路车站旁的建筑工地前，那经过多次改良的小推车上，烤面包鱼夜夜散发着迷人的焦香。更多招牌还包括烤骨髓、烤茄子、烤土豆、烤豆角、烤板筋。汉口路敦化路路口还有一个小谢，以烤鱿鱼爪胜出，骨汤馄饨也被力捧。想吃到他家的烤茄子，至少要等四十分钟，这种口碑的炒作让吃不到的人愈加不忍睡去。郭口路威海路路口，有一家烤扇贝很出名，肉质爽滑，闭壳肌部分相当有咬劲，配料独特秘制，烤完后与扇贝本身的汤汁相融合，一个"鲜"字几乎要把黑夜照亮。江西路海鲜烧烤大院是野馄饨江湖里的一匹黑马，几乎夜夜爆满，豪车路边停了一溜。不凑巧时，还要干巴巴地等位。青大一路有家烤海蛎子的，芝士、麻辣、蒜蓉三种味道任选，在草台班子一样的灶前，此等精细让人难以置信……

爱他，就跟他去吃野馄饨——这怕是一生中最执着的锦衣夜行。多年后，他还会记得那个爱吃烤鱿鱼爪的少女吗？眼妆浓重，酒气中混杂着香水味。残酷

的青春，就着夜色，就着海风，她与他在野馄饨摊上当众接吻或吵架，焦煳的味道、香烟的味道、汽车尾气的味道，一起掠过了她的长发。

野馄饨是青岛夜晚的终点站。海货生猛，散啤杀口，终究离不开一碗最野的馄饨来收尾。野馄饨甚至像一个温暖而短暂的拥抱，失业之哀、失恋之痛，都能接住。看见那团预留的灯火，一群生活紊乱、身心寂寞，以及饥肠辘辘的人，找到了一座城市的温情所在。

啤酒屋一向接受海货加工，只收少量加工费。尤其在台东一带，这种买卖方式已经延续了二十多年。当年的一老板叫"小某"，二十年后人过不惑，岁数真的不小了，在相熟的酒客嘴里，他还是"小某"。"小某"老板习惯从酒客手中接过海货，然后分类、记账。他打眼一看，用手一摸，就知道成色，好的夸几句，稍微逊色的就提个醒，以便让酒客们下次采购的时候有所改进。

青岛的啤酒屋出现于20世纪90年代，如今已有上千家，遍布城市的犄角旮旯。啤酒屋门口，不锈钢啤酒桶已经垒成了金属城墙。酒鬼们挤到一起，像回了老家，呛人的烟味可以穿透女人的所有衣物。在神秘不可抵抗的味道面前，他们一桌桌地倒下了，关于当晚是谁埋的单通常要三四天以后才能捋清。不打紧，啤酒屋的优势在这种情况下显现出来了——谁埋单都不是大人情大负担，钱包不累，人不会害怕。

只有真正会吃的老饕才掌握着啤酒屋的排名，谁家的白灼海肠子蘸芥末最冲，谁家的大葱蒸虾酱最土，谁家的土豆丝爆炒墨鱼仔最鲜……就冲这口，隔三岔五地寻过去，从原始意味的招牌菜中加大生命力的火候。

每一个夏天，营口路这条"民间啤酒街"几乎要被聒噪撑破。在沿街永不散场的流水席之间，任味觉放浪游走。此间绝无身段，不必标榜格调，不必使用潜台词，酒客们光着膀子，喝到脸红脖子粗。与高档酒楼的拘泥、装范儿相比，这里太欢乐也太糙野了。

散啤新鲜，家家接受海货加工，个中优势让营口路声名远播。附近的营口路市场，下酒的应季小海货包括长蛸、八带、泥螺、香螺、辣螺、海螺、海蛎子、扇贝、虾虎、鲜虾、笔管、蟹子、毛蛤蜊、小杂鱼等，可谓应有尽有。"老板，蛤蜊多加些辣椒，爆炒。这些毛蚶过遍水就行了，再给弄碟辣根。"一个中年酒客从市场上拎回四袋海货，而这样的对话每时每刻都在啤酒屋发生。待中年酒客和伙计们寻了位置坐下，三大杯新鲜的啤酒已经端了过来，五分钟后，辣炒蛤蜊和毛蚶也上了桌。

红尘滚滚，每个人都在寻找同类，以抵御孤独。啤酒屋正是一个聚集同类的地方，它提供流金的液体，还附赠温情的戏谑、善意的打击、真诚的建议，以及及时的援手。正是因为有了这些，啤酒屋的故事才充满了笑与泪。

年龄不完全是被确切数字暴露的，有时候，年龄是被一些心爱之物出卖的。一首老歌，一个过气的影星，一个始终没有倒闭的小饭馆，都爱了那么多年了，你还能不老吗？当你像个义务代言人一样大赞其味如临其境不能自已的当口，年龄，也就无处躲藏了。一出口即成证据，一回头就是二十年——

费县路"二嫚水饺"，听名字就知道打的是老板娘的牌。果然，伊大方，利落，霸气，美艳，老台西风情。丈夫是民间美食家。五十岁以后，他们一起开了这家小饭馆。在十几个菜式中，最拿捏的就属黄花鱼三吃——鱼丸汤，炸鱼皮，鱼水饺。会张罗的二嫚总是面冷心热，若灶间不忙，若遇上多年老熟客，她会打开话匣子，讲几段灶上秘闻。

台西三路"赵家"，当一头牛被装进砂锅，牛肉、牛肚、牛舌、牛筋都齐活了。豆腐、白菜、蘑菇也是应有尽有。食客们吃到呷呷呜呜，已经不好意思打量彼此的吃相了。秘籍都在汤里。老板赵哥每天都会往那口神秘的大锅里添加两百斤牛肉，文火慢炖，循环往复，脂溶性的香味物质和水溶性的香味物质一起在汤里跳舞，何等鲜美，时间久了自然形成老汤。用此等老汤炖煮砂锅，味道浓稠深邃也是意料之中的事。

无棣二路"福多多"，耿老爷子领着一儿一女在城市的谷底书写食味列传，怀着对食物的理解和尊重，不断寻求转化的灵感。凡是来过一次的，都会再来第二次以及无数次。耿家厨房里到底藏匿着什么样的秘密？是食材和调料的配比，是对时间的精妙运用，是弟弟小健的烹制手法，还是姐姐小霞的细密刀工？或者仅仅是耿老爷子治家有方？

黄县路"小皮"，在老城所剩无几的马牙石路上，老房子加搭建的空间一起用上了，食客们还是要知趣地配合翻台的频率。老板是厨爷，却有医生的干练与冷静，老板娘负责招呼台面，反倒大咧咧的。没有菜单，或者说小皮家的菜单是立体的——当日海货用塑料盆盛着，沿墙壁摆开；炒菜类摆在长条木凳或木桌上；一大锅最受欢迎的卤水拼盘也摆在那里，随点随取随切。食客们念念不忘的千页豆腐、炸五花肉、红烧杂鱼都是正宗的老青岛家常口味。

嫩江路"鑫缘"，两兄弟两妯娌在自家屋檐下打理私人化美食方志。我猜测那些味道传承自他们的母亲。初冬，门前的树上晾满了香肠。随后，餐桌上便出现了一盘，切得如纸一般薄，片片色泽红亮，口感柔韧。两兄弟掌控灶上，两妯娌制作各种食材——醋熘绿豆芽，豆芽是自己发的；拌芥菜，芥菜是自己憋的。食客们在赞美味道纯正的同时，也在心底为夫唱妇随的祥和高兴。大葱炒鸡蛋隐约带着熟悉的焦煳味道，与刚刚馏好的热馒头是绝配。晚上十点一过，两兄弟像对暗号那样耸耸肩，"没有酒了"，两妯娌则开始洒扫工作，酒鬼们一脸尴尬。

基隆路"东海香"，老板是海阳人，当过兵，菜式来自海阳土法。用大铁锅炖鸡炖鱼，其上架一只笸子，笸子上堆满了自选海鲜，四壁还能贴饼子。大铁锅内蒸汽翻滚，将肉香鱼香玉米香最大限度地混合在一起，气息醇厚，过往的无不垂涎。每每食客盈门，不提前预订还真吃不上。

烟火密集至此，可知春夏秋冬。它们不是答谢客户的地方，不是巴结领导的地方，在没确定恋爱关系之前也不适合约会，唯有彼此相知而无遮掩的伙计们，无目的，无功利，彼此欢喜，不分男女，在同一个屋檐下烟熏火燎地分享共同认定的好味，喝着杀口的酒，吹着漫天的牛，说着如烟的事，醉眼相看无恩仇，不醉不归。这江湖，一切都和想象中的一模一样，极致而温暖。

饺子就酒

饺子就酒,越喝越有。这句劝酒令,通行于北方,寓意日子越过越好。通常是在上了饺子之后,酒局又掀一轮高潮,众人啸叫起来。

自东汉神医张仲景借"娇耳"喻形,近两千年来,食物花样百出,各种路数混搭、渗透,饺子的地位仍稳扎不动。清水漂芙蓉,元宝落玉盘。饕餮世间味,最是此物鲜。这一枚枚,与祭祀在一起,与祝福在一起,与团聚在一起,与乡愁在一起。以长江为界,北方人总是百吃不厌,敞口,润喉,暖胃,悦心,似乎没有什么事是一顿饺子解决不了的。吃不到,就狠狠地想。以至于逢年过节,南方人就会在网络上调侃,"北方人又要吃饺子了"。

山东半岛地区以鱼饺子著称。鲅鱼、黄花鱼、墨鱼、刀鱼、鲅鳒鱼、龙利鱼、巴沙鱼、大头腥,凡肉厚无细刺者,皆可用以包饺子。蛤蜊肉、虾仁、虾皮、海米、螺肉、蛏肉、虾虎肉饺子，与鱼饺子一起被划入了海鲜饺子大系，共同出演鲜咸有汁的戏码，不用咬开也能看到满满的料，而一旦咬开，鲜亮瞬间灌顶，就好像整个大海扑了过来。

其中，蓬莱派鲅鱼饺子以大著称——到底多大，一说比脸大，一说比手大。外地人初入蓬莱，看到这满当当的大饺子，先要脱口惊叹，再狠狠咬上一口，鲜到浑身打战时，早已忘记自己吃的是饺子还是煮包子。当地人的解释则相当淡然：鲅鱼馅软，不能滚圆，稍扁点而已，显得大。

威海饺子不像蓬莱的那么雄壮，鲅鱼馅的依然 C 位出道，号称"威海第一饺"，尤以荣成地区为代表。荣成位于威海东部，那里亦是山东半岛的东尽头，长达五百公里的曲折岸线上，都是世代与渔的智慧和神勇。男人出海，女人守家，一朝平安归来，就要包鲅鱼饺子庆祝。荣成人的独家秘诀是把海带熬成高汤冲进饺子馅，顺时针上劲儿，搅拌的过程中，海带的鲜美与鲅鱼的肉香充分融合，煮出来自是口感嫩滑，满嘴爆汁。

在青岛，鲅鱼早已跃升到社会学层面了。"鲅鱼跳，丈人笑"。春秋两汛，鲅鱼过境，它们背披青蓝，体型似纺锤，白腹如丝绸肚兜，滑溜溜，光闪闪。买几条送老泰山，是好女婿的标配，更增加夫妻黏合度。讲究的青岛人家每年总要包几顿像样的鲅鱼饺子。而这个时间段，街头的饺子馆里若点不到鲅鱼饺子，终是要被很多食客抛弃的。

包鲅鱼饺子费时费力，却也最能体现匠人态度。从天不亮跑小码头算起，买回当流鲅鱼，清理干净，剔除鱼骨，取下的鱼肉先冷

冻成型，半个时辰以后开始动手，取四十五度斜角，沿纤维纹路，由上而下刮起来，须着力均匀，细致且无犹豫，直到寸许厚的鱼肉变成薄纸。刮好的，清水里过一遍，血、筋和杂质尽去。

水分沥干，接下来就是排斩。鱼肉被平放在砧板上，双刀有节奏地一路斩过，斩得透透的，斩到不留缝隙，斩成糜，斩至手感有了黏性为佳。想偷懒的话，这道工序可以用绞肉机操作，只是少了手上功夫，口味也就欠了。最后，将肥肉馅拌入鱼糜，放姜末，撒细盐，调蛋清，顺时针上劲儿。新鲜鱼肉吃水厉害，边加花椒水边搅拌，煮出来的饺子方有汤汁。最幸福的就是出锅装盘那一刻，鲅鱼的鲜，猪肉的香，花椒的麻，韭菜的嫩，组成了一个万事俱备的春天。

在王哥庄渔村，还有一种鲅鱼饺子的独特吃法——据说也是从老一辈沿袭下来的。从前逢大汛，鲅鱼吃不完，渔民通常甜晒储存。鲜鲅鱼一劈两半，挂在通风向阳的地方，房前的晾衣绳上，房顶的露台上，到处都是，满满当当的。一周时间，半湿半干的鲅鱼最柔韧，剁碎成丁，跟姜、洋葱、茄子、胡萝卜丁一起拌馅，包出来的饺子鲜味扎实，颗粒感十足且弹牙。

青岛老城有一间饺子馆叫作"六月槐花"。门脸不大，开在一个锐角斜坡上，门前有院，院里站着几株沧桑老槐。6月一到，香气缭绕不去，槐花串串，半开的像风铃，全开的像星星。清早雾浓，花白馥郁，香气浸润在澄澈的风中。人从花间过，过滤了每一条神经，脾胃大和，阳气生发。回头客都知道，6月要常来，蛤蜊肉加上槐花，只为世间还有这样的相遇。

这家饺子馆，馅料一向出奇制胜。春天的蒲公英，初夏的槐花与栀子，秋天的野菊和南瓜花，无不被拌入鱼糜肉糜。红砖墙上有块小黑板，饺子不下二十种，随季节推陈出新。一开始，人们看见马蹄饺子、栀子白衬衫饺子、薄荷初恋饺子，有点不知所以然。老爷们儿尤其吃不惯，净弄些花花草草。吃过之后，领略了清新海风一般的口感，一段时间吃不到，竟也想得慌。花草很是去腥提香，以其入馅的饺子热气蒸腾地盛在平底盘里，肚大皮薄，把众人吃得一格愣一格愣的。

秋天解燥气的食材首推莲藕和白萝卜，蛤蜊莲藕香菇的，又或者蟹黄豆腐白萝卜的，每年秋分前后最合时宜。回头客永远忘不了莲藕之脆、蛤蜊之鲜、香菇之香，三者彼此融合与提携，回味无穷。至于一枚蟹黄豆腐白萝卜水饺，可以被称为这个星球上的孤绝极品了。

卓别林的皮靴

关于"中山路壹号",青岛老城里的人们总能说出个子丑寅卯。在过去的一百年里,它门前的道路几番更名,斐迭里街、静冈町、山东路、中山路。它奢华的空间里出入过各色人等,外国官兵、晚清遗老、文人雅士、革命青年。政局的疾风骤雨,人性的真善美丑,它都一一领略过。

当然,坊间所言难免模糊了野史与真实的边界,文史学者或建筑专家才能给出更客观的注解。"中山路壹号"始建于1910年,由德国建造师罗克格设计,甫一落成就是德国人俱乐部。1922年中国政府收回青岛后,这里改为会员制国际俱乐部,至1949年停办。此后六十载,这座建筑先后成为中苏友好协会和青岛市科技协会的办公楼。2009年转由民间力量经营,逐渐成为现在的文旅美食地标。

旅行者打卡青岛老城,一定绕不开"中山路壹号"。此处之惊艳离不开大方的立面分割、经典的山墙装饰、粗犷的花岗岩砌体。三联长窗上的插销机关还保留着最初的模样。老壁炉的蓝色瓷砖油润如玉，中央的金鹰图案为典型的日耳曼风格，辅以精致的鎏金工艺，风范不可一世。当阳光从皇家松和银杏树的枝丫间跌落，带着黄金的分量，一杯杏仁摩卡可以品咂一个下午。不远处的大海已经退潮，现烤的巴伐利亚碱水面包刚好出炉，老酵头激发的味道总是醇厚的。侍者会帮你把面包切开，递上黄油，同时询问是否需要粗盐粒。从下午坐到月亮升起，再点一份德国肘子烤肠拼盘，一份橄榄油炒时蔬，一份芝士焗土豆泥，啤酒是进口的德国宝来纳——对不起，想吃海货，终究还是来错了地方。

当然，我等曾经点过一款原汁大墨鱼，这个菜完全出自名字本意——所谓原汁，就是墨囊里的黑汁一点也没有浪费；所谓大墨鱼，真的是新鲜墨鱼块，平均五六厘米长，两厘米厚，相当扎实。墨鱼肉雪白，被墨汁裹严，咬一口，是肉眼可见的黑白分明，味觉上却又肥腻鲜甜，弹牙有嚼头，配以冰度干白，正是人生得意处。我等相互观望，唇齿皆黑，连舌头都是黑的，魔鬼本尊再也没有谁了，遂哈哈大笑，愈加放肆。

墨汁暗黑，却被人类钟爱，不外乎口感和营养，除了可食用黑色素，就是蛋白质、十六种氨基酸以及少量脂肪，百利而无一害。我等人到中年，熟女透男，已经吃到青面獠牙，也就身家不顾了。某男忽然说，怎么感觉像在吃卓别林的皮靴？又引发了新一轮

爆笑。随后开始回忆卓别林自导自演的《淘金记》,里面的经典场面之一就是"煮食皮靴"。黑色的,大块的,被卓别林饰演的流浪汉用刀叉送入口中,吃到津津有味,饱含着小人物的辛酸和自嘲。

我并不喜欢夸张的表演,除了卓别林和周星驰。

说着说着,从"卓别林的皮靴"说到了墨鱼仔。墨鱼仔萌气十足,小巧饱满,营养成分丰富。做法也极具自由度——滚水微灼,用泰式辣酱拌,是一种;麻辣爆炒,是一种;黄瓜片清炒,是一种;火锅小涮,是一种;香煎以后,外酥里嫩,蘸芥末千岛汁,又是一种。再或者,将泡椒切段,紫苏叶切丝,香菜洗净切碎。锅里放水放姜片倒料酒,开火,水开始冒泡的时候,把墨鱼仔倒进去过一下子即刻捞出,过冷水备用。锅烧热倒油,下泡椒蒜蓉炒香,倒入焯过水的墨鱼仔翻炒,倒入之前的配料,入味便可出锅,日常的小幸福感莫过如此吧。

说着说着,从墨鱼仔又说到了墨鱼汛。逢秋末冬初,天气渐冷,大批墨鱼洄游至黄海海域,西海岸灵山岛东南方迎来了墨鱼汛。渔民们出海三四日,能捕六七百斤,随后销往青岛市区、胶州、日照等地。早晨的码头上,西杨家洼、石家村、胡家山,都会碰到刚刚靠岸的渔船。船舱里墨鱼一箱一箱,个头有大有小,最大的足有两斤重,无不体形平展、宽厚,色泽光亮洁净,呈棕红色半透明状,散发着一股新鲜的潮水气。搬上岸,很快被贩子抢光。墨鱼汛通常持续半个月左右,小雪以后,市场上的墨鱼基本就是南方货了。

捕墨鱼用拖网,这网三十多米长,张开后能将一百多个人罩住。拖网紧贴海底前行,将周边游动的墨鱼一网打尽。撒下网,船在海里转悠,两个小时后收网。至于船往哪里开,就看船老大的经验了,当然,现如今大多仰仗探鱼器作出最后的判断。拖网紧贴海底,易被礁石或船骸划破,几乎每次回港都要修补。补网人专门守在岸上,飞针走线,无影手一般。

最后,聊聊墨鱼的别名"乌贼"。作为海水中的变色能手,其体内聚集着数百万个红、黄、蓝、黑等色素细胞,可以在一两秒钟作出应激反应,调整体内色素囊的大小,改变自身颜色,以适应环境,或释放黑色烟幕,逃避敌害,真是贼机灵。

我等终于唇齿深度乌黑,将"卓别林的皮靴"彻底光盘。在此需要作出善意提醒,这道暗黑系料理,约会男女慎入,尤其是初次约会的那一类。

甜晒与乡愁

"甜晒"是个有意味的词——意味着在物理的时间里发生了变化,水分子蒸发带走了一些东西,而时光的况味又锁住了一些东西。

甜晒与糖无关,倒是离不开好风好光照,所谓日月倾洒,自然风干。崂山沿海一线渔村密布,都是得了造物者眷顾的,海货海产丰饶,先民以甜晒方式保存之,凭借大自然和时间造就,这种传统工艺被誉为"六百年前的原汁原味"。渔妇说,抹了盐的风干鱼一般称为咸鱼。甜晒鱼都是海水洗海水泡,不做腌卤。从前出海,无冷冻设备,鱼又多,怕靠岸后变质,捕捞上船就沿背鳍片开,去除内脏,刮净脊骨等处的血污,在海水里冲洗浸泡一两个小时,挂在船头晾晒。海上风大,一连三四个日头,鱼体便金黄明透起来。这时候,再用海水"透"过,晾上一天,就可以吃了。

这应该是甜晒鱼最原始也最纯正的制作流程。渔妇在码头接船,看见一筐筐甜晒鱼心里就踏实了,递给男人的都是好脸色。不出海的日子,男人喜喝黍米老酒,加热了的。傍晚之前,渔妇把甜晒鱼剪成小块儿,用水泡开了,放上葱、姜、蒜、醋,舀两勺猪油,入锅,和玉米饼子一起蒸,蒸出柔韧口感,蒸到满屋飘香。天色堪堪擦黑,男人已经喝到脸膛红灿,总要唱几句茂腔小调。在渔妇的认知体系里,幸福已经有了该有的模样。

天气越来越冷,越来越干燥,正是可以让鱼迅速风干的最好时节。在硬冷外力的作用下,鱼体表层缄默,鲜嫩的汁液却在深处保留下来。这个时候去崂山走一趟,青山、黄山、港东、沙子口,几乎所有的渔村码头都已变为天然晒场,鲅鱼、舌头鱼、面包鱼、鼓眼鱼、海鳗鱼、鳞刀鱼、黄花鱼、七星鱼……组成了海货的"路演",购买者慕名而至,包括嗜味的土著、饭馆小老板、外地游客。也有单位来团购的,当作年货发给员工。

画风通常是这样的:冬阳补而不燥,渔妇们戴着鲜艳的头巾,在码头的堤坝上劳作,不经意间,把晒鱼、晒太阳这两件事情完美地结合了起来。冬天多晒晒后背,通督脉的阳气,补命门火,散风寒——她们未必懂得"冬阳之补",只道是初冬晒鱼,没有蝇虫干扰,也没有潮气霉斑,晒出来的海货哪一样都既干爽又漂亮。渔妇们把一个晴天叫一个"日头"。晾晒三四个日头之后,甜晒鱼外干里嫩,口感最佳。不同的海货,晾晒方法亦不相同,比如晾晒鱿鱼,只能平铺,不可悬挂,悬挂易将肌肉经纬拉长,终会改变口味。

渔妇从晾晒的架子上拿下两条鱼，一条颜色还有些发白，另外一条明显偏黄了：发白的，手感上软许多，发黄的，已经渐渐板结——这个时候，她们一定会说，发黄的已经晾晒了三个日头。

利落的渔妇甚至现场制作，她们戴着黑胶手套，手里握着专业的剖鱼刀，沿鲜鱼的背鳍行走，直至去除内脏和黑黏膜，再以海水清洗干净，浸泡两个小时入味，最后置于通风处晾晒。她们甚至不着急出售，与买家打起了太极——不行，那一批还没好，你明天下午再来，现在还缺一个日头哩。说完，她又指向另一批——已经好了，不过，要想嚼起来更扎实，最好拿到海水里"透"一下，再晾上大半天。

大雪节气一过，不光是码头堤坝，渔家的房顶上也被甜晒鱼铺满了，代代年年，从无更改。大雪晒的，已经吃上了，或者拿到集市卖掉了。冬至甜晒，是为过年做准备。鱼更要精心挑选，品种与样貌都兆着吉祥，再糅合进海的味道、风的味道、山的味道、阳光的味道、时间的味道、人情的味道，鲜咸里滋出了甜，<u>丝丝缕缕</u>，又绵绵长长。

从渔民家常菜变成渔家宴招牌菜以后，甜晒鱼又被城里的大小酒家包装出多种菜品。"四大碗"是一种。哪四大碗？蒸甜晒鲅鱼、炒甜晒鱿鱼块、虾干炖老豆腐、鸡蛋蒸末货酱。好家伙，四碗有三碗的原材料跟

甜晒有关。"撕鲈鱼"是一种。甜晒的野生鲈，蒸了，抹蜂蜜，再烤，用手撕着吃，层层惊艳。老城里还有一种小饭馆，门脸不讲究，却有一些隐秘的味道，在那里能找到甜晒的海兔子——每年冬初，海上起了北风，船在近海跑上两三个小时，下个三四网，就能收获六七千斤海兔子。只是它无鳞、肉柴，吃起来口感懈怠，在青岛上不了台面，极容易被疏忽。小饭馆老板是少有的对其感兴趣的人，批发回去，甜晒成干，做出了独特风味。去头扒皮掏肚，在海水里泡过，串到铁丝上，挂在外面任由北风吹刮。待鱼肉完全干透，整条蒸熟，再次拿到外面整条晾晒，到了半干不湿的程度，鱼骨拆下，鱼肉一定要用手撕，撕成条儿，白菜心切成丝儿，蒜泥、香菜碎、酱油、香醋、料酒、白糖、香油调汁，凉拌，分分钟就是一道派头十足的招牌菜。

岛城三面环海，岸线悠长，开海季大小渔船满载而归，渔村的码头上喧闹欢动，人们从四面八方赶来，只为看看"第一船"的收获景象。各类海货上岸，水泽闪闪，鱼的尾鳍上还挂着莹莹海草，通体完整，鱼鳞无损，用手一按，竟被肉质的韧性弹了回来——至此，也就不难理解为什么这里的甜晒鱼堪称"至味"了。

游子远行，行囊里塞一包甜晒鱼，乡愁也就有了清欢。在外总是路长，回家的日子尚早，甜晒鱼吃完了，就开始想念甜晒之味，那种时候，一定是被乡愁淹没了。走在别人的十字路口，游子吞下浅泪，眼前浮现出故乡的红瓦、蓝天、渔港、海岛与名山。

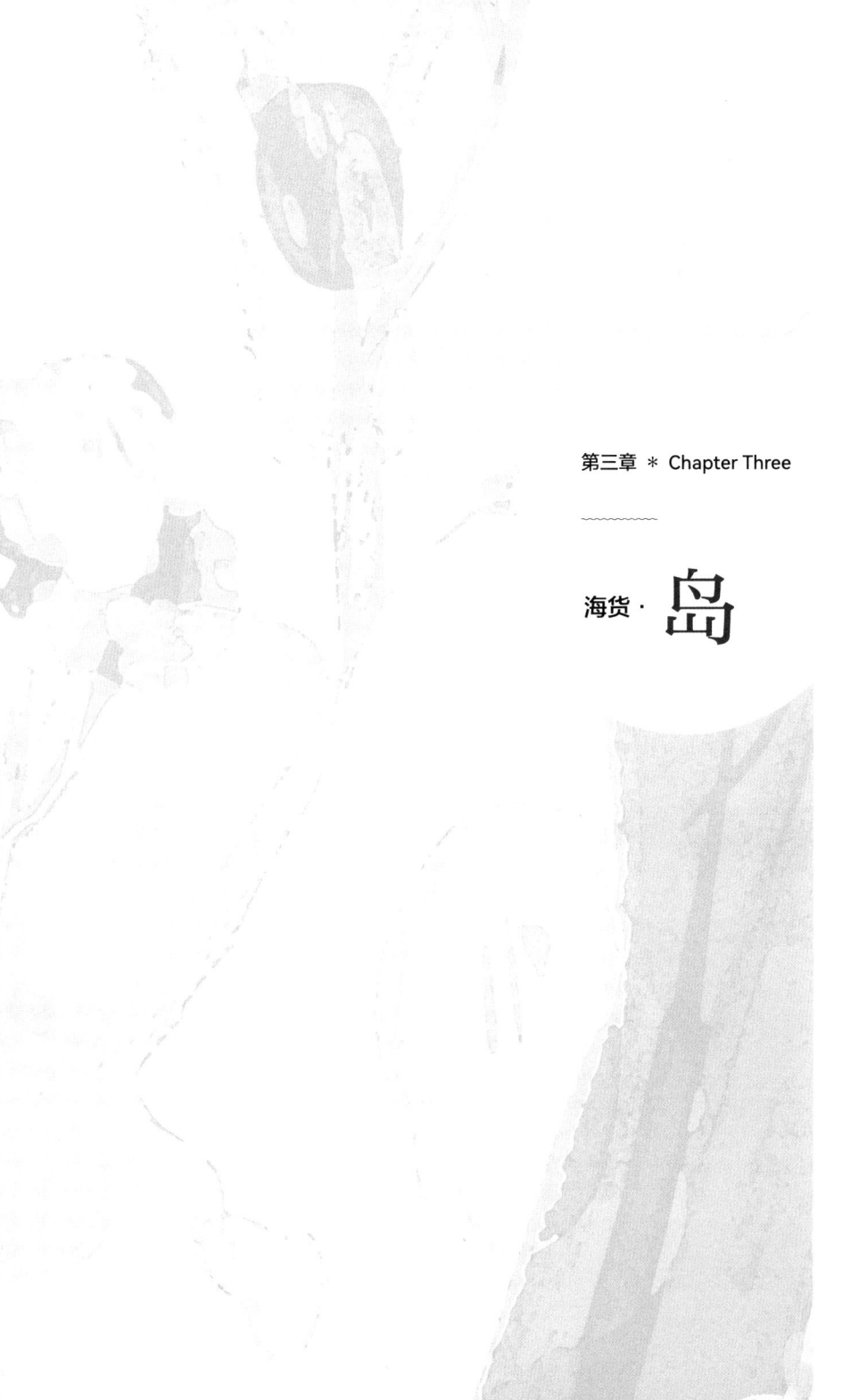

第三章 * Chapter Three

海货 · 岛

岬角之恋

海湾几进几出,陆地被夹击之后,突出向海,形成了岬角。它可以是被海蚀的一部分山地,也可以是还没有被海蚀的山地的一部分。

岬角在这里很寻常。和岛礁、沙滩、潟湖一样,是胶州湾的地质元素。与岸相比,岬角离海更近。岸与海是平行关系,岬角与海却是纵深关系。往深处去,沿着岬角向前走,究竟怀着探索感还是疏离感,这完全根据我的心情而定。有时候,岬角带我放纵,似乎在与全世界背道而驰;有时候,我又在上面模拟跑道滑翔,好像下一步就能飞起来。这都怪不得我——岬角的舞台感太强烈了,它是大自然中最好的孤独T台。

潮浪不停地扑过来,又退下去,循环往复。那些黑夜,站在岬角的角端,地球太小,银河系也不够大,我感到一种来自宇宙的轰鸣。人类已经惯常于赞美大海的明丽,而此刻,我只想赞美它如宇宙的黑洞。

不同的人群对岬角给出了不同的解释。海洋地质学家说,海

岸最初都是由岩石构成的，海水千万年来无休无止地冲刷侵蚀，岸边脆弱的部分先形成了向陆地凹进的海湾和平缓的砂质海岸，只有坚硬者向海突出，成为岬角。渔把式说，岬角能对风浪起到遮蔽作用，那里水深浪阔。诗人会说，一处处的大气阳刚，仿佛正在操练的兵马阵列。

一个海湾便预示着一个岬角的存在。胶州湾里，从西往东有无数个海湾，也就有了无数个岬角。团岛湾、青岛湾、汇泉湾、太平湾，这些名字连带着团岛角、青岛角、汇泉角、太平角，也连带着我的独特体悟——

岬角的子夜，天，地，海，岛，被墨蓝色统领，界限难辨，愈为阔远。什么都不重要了。只有大海潮汐不朽，哗哗回响，很远很近，凝聚着也剥落着。我第一次意识到黑夜不属于人类。我甚至羞愧于我正在以人类的视角和经验揣度它。这太局限了，也太俗戾了。

我应该是一艘老船，黑夜里迷失了航道，卷入涡流，在那样一个被称为海洋黑洞的地方，我已经完成了挣扎，加速度坠落之前，突然开始赞美末日的奇丽，从容赴死——老船死于大海，才是终极的荣耀啊。我应该是一条大鱼，雌雄同体，白日潜于海底，夜晚迎着月亮上升，最狠的渔夫才有资格谈论我，一旦打开喉咙，我那妖异的歌声就会沿海面传得很远很远，直到成为潮声的一部分。或者，我应该是一颗星，叫作

"土司空",位于鲸鱼座的尾巴,掌管土地和田籍。在遥远的夏代、商代和周代,人类都识得我,作为基本的生活技能,以我辨认方位,判断时刻。秋天的夜空,人类看到我发散出橙色光芒,便知金秋丰收时节已至。而此刻,2021年的大暑,非是知音,无可识者。非有执着,岂可见哉?

用丰富的内心洞察着一切,俨然一副个人主义形象,这些从我很小的时候就开始了。七岁,或许是六岁,我就被大海的涛声、气息、韵律,以及形形色色的海洋生命所深深吸引。在漫天星光之下,在布满礁岩的岬角,我凭借手电筒的光亮,寻找石夹红的蟹舞,全然忘记了潮水正在上涨,吞噬了回家的路。我心中暗喜,似乎正在经历一场公主加冕仪式,我分明看见海洋之神捧起了珍珠的王冠……后来,警察来了,救生艇也来了,母亲在岸上哭泣,父亲暴跳如雷,还有一些邻居和远亲,围在那里轻轻地叹气。

十八岁,一个男大学生带我到岬角辨识星座。他应该是学地质的,读大四,看完星座不久,就去格尔木实习了,对于我来说,那个地方比星座还遥远。犹记得,我和他站在青春的角端,一起仰望秋季星空。他说,快看,王族星座。我茫然地寻找着,除了盛大的蓝色幕布,什么星座也没找到。或许为了掩饰一种莫名的虚弱,我频频点头,佯装惊叹。他又说,王族星座包括仙王座、仙后座、仙女座、英仙座,而和王族星座有关的则是鲸鱼座和飞马座。"飞马当空,银河斜挂。"不知为什么,他的剪影有点忧伤,我忍不住想要轻触。他的眼睛在黑夜里闪烁,是我能够辨识的唯一的星座。那刻起,我意识到爱上一个人是件具有爆发力的事情,基本上就是瞬间,像地震,来不及预警。

三十岁,我从青春的坟墓里爬出来,抖了抖尘土,又是一次新生。回头看,我看到了一个自卑的卡夫卡,一个低微的马丁·伊登,一个飙脏话的塞林格,以及一个颓丧的托马斯·曼。我常常在两极间奔走,既忘不掉被回忆修饰过的大学校园,也深深厌恶世事斧琢之后的虚伪与自私。我有了经验,有了底线,有了瞻前顾后,有了身体的酸痛。站在岬角,大浪淘洗。我想起亚里士多德对于孤独的参悟,"能够忍受孤独的,不是神灵,便是野兽"。

四十岁,再次置身于岬角,我只想说出曾经无能为力的现实和稍纵即逝的青春,说出独一无二的彷徨、迷惘和热烈。我曾经一团糟地含混沉浮过,执着不拘地承受过,但现在这一切,就好像海洋掀起的潮浪,就像海面上漂浮的船舶,这些意象把我抓攫住——凛冽归凛冽,赤裸归赤裸,平静归平静。

我分明感受到了大海对自己的回应,是何等渗透骨髓。

凿头

有渔民的地方,就一定有造船的匠人。

伏天休渔,渔民们停船晒网,外出打工去了。渔港忽然安静下来。那些特定的马达声、摩托声、装卸声、叫卖声,好像从来没有响起过。鱼腥味也沉了下去。只有船匠人忙碌在刚刚成形的船体骨架间,每天十几个小时不停歇。

大块的木料和整个作坊,裸露在 7 月沸腾的阳光下。船匠人的胸膛和脊背也裸露着。造船,须露天作业。三伏天三九天,船匠人从来躲不过毒日头和西北风。越到了下刀子的天气越忙活。渔民们都是趁不出海的当口来修船的。又或者,赶在开海之前,船匠人要把新船打好交出去。

船体沿海岸岬角搁置。至少有两艘在同时开工。电锯、电钻、电刨取代了斧子和刮刀,造船的步骤却从来没改。备料、定盘、舱船、做橹、做舵、做桅杆、做帆、做锚、刷桐油……每艘船,一百多道工序,每一道都被注入了精神,工序与工序之间的帮衬,就像一种缜密的生存仪式,严严实实,稳稳当当。

船作坊里必有一个领头师傅，俗称"凿头"。一眼望过去，就是他。奇怪，他也穿着粗陋的工装，脸上也有飞落的木屑，也不过精瘦黢黑的模样——可偏偏就是他。原来，他还有说一不二的霸气，俱往矣的英雄暮气。这些扑面而来的东西，挡也挡不住。

"凿头"祖上都是造船高手，一辈传一辈，一直传到了他这里。爷会，爹就会，爹会，似乎他也打娘胎里就开始琢磨，技艺都是基因里带着的。不用图纸，依赖于眼看、手抔，自是心中有数。船的形状、功能，早就与他长到了一处。

做人要实在，做船也要实在，这是"凿头"最初领受的人生哲学。他比谁都清楚，出海就是赌博，不是站在生的一面，就是站在死的一面，船不好等于输了命。

船，造得好。技艺不外传，却是行规。徒弟都属同村，由"凿头"手把手地带出来。时间加上天分，实践配以悟性，最终成为多面手，什么都会，又什么苦都能吃——没有后者，是造不了船的。

算上"凿头"，船作坊里的匠人总数要为奇数才好。尤其忌八。"八仙过海，各显神通"，他们固执地认为，八个人是不能同舟共济的。

许多年过来了，匠人们拼出了上千艘好船，却拼不过年纪带来的衰老，拼不过时间的剥脱。他们真的越来越老了。最年轻的那一拨已经人过中年,更不消说已经六十多岁的"凿头"。

只是,眼下,"凿头"还不服老,他在讲祖宗的故事呢。清朝咸丰三年,也就是1853年,他的祖爷爷造出了第一艘简易木船,耗时两年整。后来,半岛地区的船头越做越高,昂然上翘,似挑战,也似敬畏。

从"凿头"的祖爷爷到"凿头",关于造船技艺如何完善,都是在惊险中获取的——甚至是那些葬身海底的渔民提供了最终的答案。选木是造船的第一步,要选树龄几十年以上的老树。槐木、杉木都是上料。选好买回来,放在太阳下晾晒,把握住干湿的分寸,开始"解木"。

解,是从木料中剖锯出不同形状的方料和木板。船骨架用方料,船边、船底用木板。一艘船需要几十种不同的方料和木板,如何最大程度地利用好木料,很是考验船匠人的才能。这是一个离不开预感和直觉的过程,绝不能有闪失。

龙骨中最为重要的一个部件是"船刀",即船头中间的那根木头,它负责劈风斩浪,用材极为挑剔。一个碗口粗、两米长的"船刀"通常是由合抱的整棵槐树削出来的。"角梁"类似房屋的小梁和椽子,担负着船底的结构,还是得用槐木——同等体积的木料,槐木密度较大。大料能压住一艘船,使其在风浪中保持平衡。槐木的握钉力也强,脾性笃定。

龙骨与角梁安装在一起后,木船的外形类似 X 光片下的人体脊椎和肋骨。随后上舱板,也就是船身。有了脊椎肋骨,还要有肌肉组织,舱板好比人体的肌肉组织,以美国杉木为佳,每块长达十余米,木质坚实而轻,浮力大,能载重,且富含油脂,耐水浸,不易腐。

龙骨之于一艘船就像大梁之于一座房子。起龙骨,上房梁,都要选吉日良辰,都要放鞭摆酒,上香敬"神"。起龙骨的日子不能与船东的生辰八字相冲。"凿头"是安下龙骨的不二人选,匠人伙计们把祭品分别摆于龙骨的头、中、尾,以示祭祀龙头、风坛、龙尾三个重要部位。

十五米长的"龙骨"被高高架起,上面飘扬着两面小红旗,寓意平安吉祥,有彩头,也对风向和风速起着指示作用。紧接着开始"做缝",把桐油和石灰搅成的网纱饼用挣凿挣进板缝中,再用铲钉、成缝钉交叉钉牢。"做缝"的同时,大木手艺好的匠人做好舵、桅、橹、桨;铁艺好的匠人打好锚;小木手艺好的匠人在船内安装后舵盘……

桐油刷过三遍,才算完工。桐油将三百多块大小木板与两千多个螺钉之间,抹刷得严丝合缝。桐油似乎拥有维护牢固的所有优点,它干得快,比重轻,光泽好,附着力强,耐热耐酸耐碱,防腐防锈,并且不导电。渔民在每个休渔期都会为船体涂上两次桐油,分别在休渔期的开始和结束。涂了桐油,这船才让人心安。

新渔船放到海滩上,船东兴兴头头地购置渔网渔具,再贴满吉利的对联，祈求出海太平，满载而归。终于，一切停当了。挑日子，放炮仗，请"财神"，做羹饭，下水。潮满之时，新的木船像一个披挂齐整的武士，经过直角尺轨道划入海中，展开了它的有生之年。

至今日，半岛地区的渔民出近海，捕小虾钓逛鱼，仍然使用传统的木质渔船。小的十几米长，大的三四十米长，每年大修一次，小修数次，修修补补，二十几年后报废，船东会再新打一艘。

有时候，"凿头"觉得自己干不动了。到他这一代，已经再也招不到年轻徒弟。年轻人谁会愿意干这行呢？太苦。

没有专利的时代，至关重要的手艺绝技依赖世袭或师徒方式单传下来，如今却要归于潮汐的淘换，"凿头"成了所剩无几的活态手工技艺的传承者。与他情况相同的还有几人，散落在半岛地区最后的渔村里。不知为什么，这让我想起了一个鄂伦春人，随着他的迁徙和定居农区，鄂伦春的狩猎文化就此终结。

有海便有船。鱼少了，渔村在消失，船匠人像地球上的稀缺物种一样，不知道还能存留多久。

岛上短笺

"找到太阳光线的方向,背对着,好让它照亮你的灵魂。"

孙止几乎只拍逆光。他开着快要报废的破吉普,突然停下来,那是被一缕光叫停了。或者说,一缕光的玄机足以改变孙止的原计划。每次按下快门,都意味着对于偶然的景仰。孩子的明透,中年的丰赡,老者的苍郁,最适合在逆光里去寻找。逆光能赋予图像戏剧感,能突出轮廓和形状,也能提炼出人间的隐秘肌理。

孙止其人,曾经天真无羁,热爱四处行走,然五十天命,多少锋芒都被打磨成温厚圆润。他熟知胶州湾民俗,曾制订过一个"登岛计划",三年时间全部完成,随后举办个展"孤岛",引起业界轰动。古有李白与敬亭山"相看两不厌",今有孙止与诸岛"互问互答"。这片海域里大大小小四十多座岛屿,皆如浪里桃源,日出前的沉静,日落后的醇厚,可以满足他关于海岛的一切幻想。

最近几年,那些有价值令他不断前往的、甚至可以短暂居住的岛屿,又使他产生了新的"循环曲目"。去岛上看看黑色玄武岩,看看层匝张阔的梧桐树,看看依据中国"风水"之理砌筑的屋舍,身心就像被海水透过一样清爽。明明是硬汉，却在竹岔岛的老屋檐下等待燕子北归，在灵山岛的渔火里倾听渔婆呼唤儿孙回家吃饭，并为这些热泪盈眶。

蓬莱对岸的大黑山岛，新晋的网红，被网友评为"中国十大海岛打卡点"，却是孙止的老相识了。大黑山岛乃史前火山岛，最早的人类轨迹可以追溯到六千多年前。孙止第一次登岛时，看见明朝晚期的海草房和建国初期的老供销社，立刻被震住了。岛周奇礁异石，有"大陆屿"发育最典型的石英岩群，而大海如一张悬挂的宝蓝幕布，大片既视感随时发生。大黑山岛暴红于2018年，岛上的北庄遗址被挖掘考证，成为中国的"东半坡"，与西安的半坡遗址齐名。孙止配合文化和旅游部门完成了一组航拍：空中俯望，通天石楼屹立于海面之上，中间洞穴宛如长岛之眼，沧海桑田莫过如此。

更多的岛上日子，并不像大黑山岛的这样峥嵘，而是村人散居，懒猫倦怠，土狗失吠。一根不知挑了什么的扁担，也不知正挑在谁的身上，闻声而近，吱吱呀呀叫着，伴着沙沙嗦嗦的脚步声。孙止杵在断墙旁，正微距逆光拍渔网，听见这样一段生活交响，蓦地，就有什么东西在胸腔轰鸣而起了。不管是谁在挑着什么走，不管是挑着水，挑着菜，挑着鱼，挑着粪，孙止都听出了天籁，听出了人间独有的节律。

从灵山岛、竹岔岛、斋堂岛到长山岛、砣矶岛、大钦岛、芝罘岛，这个背着长枪短炮的怪物与渔家岛民成了知交。每上岛，孙止或自带户外帐篷，枕潮汐入梦；或住渔家，与老渔夫话家常。老渔夫不收房钱，孙止就出劳力，也免费拍照。老渔夫高兴，他们正愁此生没有一张像样的遗照呢。

孙止对西海岸的连三岛情有独钟。这是一个小岛群，潮涨相连，潮落相别，三岛一字排开，自北向南由大到小。潮起之时乘舢板上岛，孙止经常遇到钓客，大有"一山一水一明月，一人独钓一海秋"的意境。最喜冬初之夜，渔婆在灶上用大铁锅炒花生，孙止和渔夫坐在火炕上喝一壶高粱烧，酒肴是蒸鳗鲡、虾酱炒鸡蛋、比管鱼白菜炖豆腐。喝到脸膛红灿时，渔夫竟能吼上两句茂腔小调。

沐官岛也别有仙意，它在西海岸泊里镇尧头村南侧，因大陆部分下陷，海水隔断而成。岛上建有码头，渡船往来。大潮退时，可徒步出入。当地人提醒孙止，须在涨潮时上岛，否则，遇落潮水面低于码头，船即使靠了岸，人也是爬不上去的。

沐官岛名之由来，还要追溯到始皇帝求仙的当初。传说当年始皇的随从官员在岛上沐浴过，故而得名。岛上自古有甘泉井，潮来隐于水下，潮退则可取用。岛前湾内海底有古村庄遗迹，据说晴天时可透过清澈的海水隐约看到。2015年，为配合沐官岛水库的建设，六十五户岛民搬迁至泊里镇，孙止跟拍了这一历史时刻，将留恋与期许同时定格。李姓渔婆年已花甲，自二十岁嫁上岛，织渔网，晒鱼虾，潮汐已经染白了乌发。她告诉孙止，一下子搬走了，心里真是难舍。不过，她说，十多年前，岛上还有小学，后来都到尧头那

边去了，村里每天派条小船接送学生，不方便，搬走了也好。

在蓬莱长岛，当地渔民钓鱼，用的不是常见的手把线，而是筐子线。一筐线一百把钩子——这不仅是一门手艺，这简直就是一门艺术。孙止跟拍了一对父子，儿子掌舵，父亲站在船舷右侧，手边摆着筐子线。身体微躬，手起钩飞，眼观水流急缓，掌控甩钩的节奏，随时向掌舵的吆喝一两声，及时纠正船行路线与速度，将日常劳动演绎到极致，真的是抓取人心，就像是一位全神贯注的交响乐团总指挥。最后，这对父子碰到了大鱼群，鱼饵全部清空。一筐子线一百把钩，钓上来七八十条鱼，创造了筐子线钓黄姑鱼的纪录。

傍晚，岛上染金，孙止或伫或坐，在港湾堤坝上，把自己活成金色夕阳里的一个影子。等到天黑尽，就去小酒馆吃一顿"鱼羊鲜"，有时候是砂锅炖，有时候是火锅涮。羊是爬山长大的，几乎没有脂肪，肉色鲜红。海货则根据潮水随意搭配。潮水来了，好鱼挡不住，黑头、大黄花、牙鲆、海鲈，都是炖汤的王牌军。鱼鲜肉香融合在一处，去膻去腥，鲜上加鲜，一口灌顶，无须多言。汤过三碗，还可续水，放两把萝卜丝，小火炖至酥软入味，白胡椒提味，出锅的时候撒点香菜末，又是一番身心皆醉。

酒过三巡，孙止跟渔把式聊天，任其吹嘘海上奇闻。渔把式们脸膛黑红，一笑便露出一排大白牙。那种时候，孙止觉得他们吹破了天也应该被原谅——

"我家弟兄三个，从小都是在船舷、船帮和船舱之间长大的，不用教习，也可以腾挪于桅杆缆绳之间。"

"五六岁吧，跟我爹下海，海上只有我们一条船了，忽然刮起十二级大风,我只能趴在船舱底下,随着船上下左右地翻滚,我爹,竟然还能把船开回码头……"

"出了黄海,偏西一百海里,有一条大海沟,是个鱼窝子,什么鱼都有,产卵繁殖,不挪窝了……"

直到那一次,孙止在码头上碰到一个独饮的疯渔夫,被他的疯话给蛊惑了,从此梦中总是出现小岛。怎么说呢,疯渔夫并非真正意义上的疯子,衣衫齐整,留着山羊胡,酒壶不离身——孙止打眼就认出那是老物件,锡制的,一拃来高,壶口张开呈漏斗形,壶身上的纹饰繁复,却也只剩岁月摩擦的痕迹。疯渔夫喝了几口酒,眼神游离,望着不知名的方向,一开口就气盛轻狂:

"我爷爷是把好手,他可以驾着船在海上漂七天七夜,有一次,大风把他送到了很远的地方,他看到了真正的鲸,兴奋不已,甚至想融入那群精灵,他觉得自己能听懂它们的语言,可以和它们交流。在很远很远的地方有一座岛,那是鲸的天下。"

后来呢?孙止完全着迷了。

"后来,他的船被狂风和海浪弄坏了,岛上空无一物不能过活,伴随他余生的只有鲸的叫声,只有浪的拍打,只有风的嚎叫,在饥饿与无边的孤寂中,爷爷死掉了。"

孙止很想找到那座岛,四处打探消息,翻阅典籍,仍然无法锁定。但他始终相信,最远最远的地方,有一座小岛,那里常年充斥着鲸的声音,天海无边,鲸们把五十赫兹的声音存放在那里,向那座岛屿,诉说它们的欢喜与哀愁。

孤品一种

西海岸琅琊镇，这里的古迹和传说可以追溯到春秋战国。镇南端的胡家山村呈岬角探入海中，东连潮湾，西接琅琊湾，地势扼要，是琅琊的前哨屏障。村旁有一石山，海拔不足百米，却带来了山海层次，丰沛了视觉美感。据传，明永乐年间，胡姓从福建黑羊山迁此立村，见了山，故名胡家山。清道光版《诸城县续志·疆域》里亦称之为胡家山。

我深秋来访，蒹葭白茫，更衬出大海蔚蓝。一座皇姑庵隐迹在植物深处，打听渔人，得到始皇妹子留下没走的典故。话说秦王统一六国后，五巡天下，三至琅琊。其中第一次巡琅琊，"大乐之，留三月"。留居琅琊的这三个月，有哪些人同来过？皇家一众在琅琊做了些什么？司马迁在《史记》里记载了五桩事：迁民三万户、修筑琅琊台、祭祀四时主、派徐福入海求仙、刻石颂功德。坊间则认为花边新闻太少，便开始发挥广阔的想象力，且把流言野史编入了《胶南县志》《胶南简志》等，皇姑庵乃其中之一。也罢，虚实何需考证，渔人每逢重大日子前来祈福祭祀，求皇姑护佑一

生平安，便是好的。

立冬节气已过，更多的渔船去往远海，半个月回来一次，码头上不再那么繁忙。异乡人阿成引起了我的注意，他的简易工房离码头不远，拆下来的老船木有数堆，无不表层腐败、面目沧桑。工房里面，沿墙码放的半成品已完成初步打磨。电刨、曲线锯、电圆锯、砂磨机具、小型雕刻机……站在各自的位置。

阿成五十岁开外，广西百色平果市同老乡平孟村人，壮族，木匠世家。八年前来到半岛地区打工。六年前在胡家山码头寻找活计，碰见拆卸退役老船的，他才得知，船木的去处是"烧火"（劈了作燃料），遂心疼不已，连说太浪费了。作为一个祖祖辈辈与木头打交道的匠人，他认为这种结果对老船木不公平——风里来浪里去几十年，早就有了灵性，怎么可以当废柴呢？

缘分就这样开始了。阿成开始制作老船木家具。六年甘苦自知。因为普通话不好，很多细节描述不清楚。他指了指四周的工具，称之为六年来挣下的"家当"，二十万块钱都在里面了。"木工的机器品种太多了，买不完的。这些是半自动的，全自动的还要贵。"

露天放置的老船木正在接受雨水冲刷，以带走盐分。等到东风一起，阴干的速度就会加快。阿成说，这种天然的处理过程至少需要半年以上，之后才能开始起船钉。海上颠沛，渔民行"万年船"，船的质量必须过硬，从船钉便可见一斑——多而坚固。船头船尾尤其烦琐。最长的船钉足有一米二，起一颗至少要二十分钟。最短的也有三四十厘米。取船钉的工作量巨大，且不能损毁船木本身。阿成特意设计了一个油压千斤顶，效率提高了不少。在展示这件工具的时候,他似乎面露得意。

船钉起完,可见孔眼错落有致,一派残缺美。因海水的长时间浸泡氧化,独特的锈斑不断渗入木头,形成的船木纹千变万化。雷电、风暴、巨浪给了船木第二次生命,这种生命印记叠加在木头的年轮里,就像把大自然的性格刻进去了一样。老船木是实木界特立独行的代表,每一块都能成为孤品。

阿成祖上是木匠,亲戚和邻里也是木匠,在他的血液里基因里,木头情结长驱不散。从小学开始就跟着父亲打下手,到了十五六岁,他已经能做小件家具。四十岁之前,一直靠木匠手艺在广州打工。也曾经进过机械厂,工作内容是看图纸开料,这个难不倒他,因为木匠首先要会看图纸。之所以来山东半岛闯荡,是因为从网上得知这边渔业发达,跟船出海捕捞赚得更多一些。没想到,缘分还是来自前半生,他从老船木那里发现了商机,重操木匠手艺。

阿成说,船木通常分两种,槐木和松木。槐木结实不易变形,松木油脂丰沛耐水浸,它们依性能分布在船体的不同部位,拆卸后形状各异。有的买家喜欢原始感,有的买家喜欢规整感,阿成根据订单要求设计、下料,将老船木的腐蚀表面进行打磨,直到露出坚硬的部分。"槐木太硬了,切割的时候断过好多根锯条。可槐木是古董级的,完成后永远不会变形开裂。松木的寿命通常在十五至二十年,一辈人的时间。"

槐木质硬,工时进度慢,同样的款式同样的周期,松木的可以做四件,槐木的只能做一件。阿成打家具,都是采用传统的榫卯结构,沿袭着广西木匠的传统,通体没有一颗钉子。现代的板式家具使用枪钉连接,制作周期和费用远远小于榫卯结构的。榫卯结构对木匠技艺要求较高,如把控不当,容易造成加工缺陷。轻者因间隙过大而晃动不稳,重者结构变形甚至无法组装。即便是长条凳这种看上去简单的家具,因为短木条多,榫儿多,眼儿多,没一定功夫也是很难做好的。

  据资料,早在七千多年前的河姆渡时期,先祖已经掌握了榫卯技术。经过漫长的时间,后来者推陈出新,不断提升中式家具的艺术价值,终于在明清时登峰造极。榫卯阴阳互交,凹凸错落有致,就其使用的部位、功能和形态而言,大体可分为明榫、暗榫、套榫、夹头榫、插肩榫、抱肩榫、钩挂榫、燕尾榫、楔钉榫及札榫等。阿成告诉我,榫和卯的组合,是木件之间多与少、高与低、长与短的组合,这种组合可以有效地限制木件之间的错位扭动。

  每生产一件家具,老船木就会减少一些。随着近海渔业资源越来越匮乏,铁壳大船远洋捕捞盛行,木头船的产量在减少,造船的匠人也出现了断代现象。识货的藏家会将老船木作为收藏品。也有一些环保人士认为老船木家具采用纯实木,不上漆不打胶,契合了自然环保的生活态度。

  腐朽的老船木,经过拆解、分类、去水分、选料、去钉、设计、下料、打磨、组装、细磨、上蜡油,才能最终成为一件具有收藏意义的家具，其过程艰辛，每一步都马虎不得。阿成说，最后两步更是要交叉行进——先用六百目或八百目的砂纸打磨一遍，上蜡油，阴干，再打磨，再上蜡油，如此往复四遍，才算大功告成。

壮族人沉稳、谦和、礼让，不像草原民族那样奔放热烈，却也自有一股不露锋芒的锐气和韧劲。阿成是典型的壮族性格，别看他个子不高，身板精瘦，力气却大，搬两百斤的重物不在话下。这些年来，阿成都是天亮开工，一鼓作气，干到天黑。直到去年，才从老家叫来一个资深木匠做帮手。

在建设美丽乡村，寻求新旧动能转换的突破口，胡家山村委曾探索民宿模式，样板间里的家具都是阿成用老船木一手打造的，那些龙骨船木茶桌、机舱木茶台、太师椅……像一个个海的故事徐徐展开，古朴、苍劲、厚重，为"山海民宿"注入了丰富的文化内涵。

清明祭祖，也是阿成与家人一年一度的团聚时间。这两年订单忙不过来，加之疫情耽搁，他无法常回家看看。"不过每天都会视频，就跟见面了一样。"房子买在百色，儿子也在百色读中学，他很有主持才华，说起这些阿成就高兴得合不拢嘴。据说他的侄女负责打理网店，有着稳定的客户群。他在胡家山的工房里还养了两条狗，数只鸡鹅，看来已经找到了第二故乡的感觉。

老船木领略过狂风暴雨和惊涛骇浪，回归大地时千疮百孔，阿成凭借一颗匠心，取其精华，去其糟粕，打造出意义独具的老船木家具，是情之所钟，也是心之所向。

若有灵焉

从西海岸积米崖码头坐船去灵山岛，若无风浪，要走五十分钟。遇涌浪颠簸，七十多分钟算是正常的。码头售票窗口旁，有一块登船时间提示牌，去程最早一班船八点半出发，最晚一班九点半出发。回程最早一班船是下午两点半的，最晚一班是三点半的。这是周一到周五的惯例，每天往返积米崖港和灵山岛之间只有两班船。到了周末，则流水发船，客满即走。

船走海上，不一会儿，就远远地望见了岛。山体南高北低，层次的起伏与连绵好像章回小说。这座主峰海拔513.6米的北方第一高岛，距离大陆的最近点5.7海里。《山海经》载："琅琊台在渤海间，琅琊之东。其北有山，一曰在海间。"这座"山"即是灵山岛。《胶澳志》称它为"水灵山岛"。《名胜志》赞其"未雨而云，先日而曙，若有灵焉"。灵山岛地处外海，山势陡直高耸，日出前已经放亮，大雨将至的时候，山顶又早早地罩上云雾，故而"嵌露刻秀，俨如画屏，屹立于巨浸之上"。

按照当地人的说法，早在春秋战国时期，岛上已经有了人烟。

1973年，李家村沙嘴子海滩出土的环纹铜鼎、铜锛、陶片等一批珍贵文物，足以拼凑出古时岛上的经济、文化图景。元朝海上漕运发达，灵山岛以西的灵山水道是南粮北运的主航道。自明代起，灵山岛即为海防要塞，据《胶州志》载，岛上居民是明永乐三年（1405）从云南迁来的，属于灵山卫下的军屯。清代卫所裁撤，居民田庄并入州县，灵山岛遂属胶州，居民也从世袭军户变为农渔业户，陆上居民亦开始向岛上迁居。清代，灵山岛因其秀丽景色而被誉为"灵岛浮翠"，列为"胶州八景"之一……

出码头，进岛，第一个渔村叫城口子，是岛的中心地带，超市、饭店、小铺、渔家乐比较集中。派出所、邮政、银行也都在这里，还驻扎着一个边防部队。岛上的一千多户人家分散于十二个自然村落，较大的是城口子、陈家村、沙嘴子。渔家开门纳客，家庭旅馆连带着渔家宴，老板娘都是实在而爽直的，常常赠送些贴心小惊喜。岛上惯于夜不闭户，贼来了也跑不出去，怕什么？

空气湿润，候鸟过境，衔来了种子，岛上树种繁杂，且都是自生自长的。沿环山公路步行，绕岛一周需要七八个小时。穿过葱郁的小山，穿过丛生的万木，在最高处，倾听潮水的轰鸣，俯瞰浪涌的撞击，完全将自己带入了一幅山海画图，有那么一瞬间，竟起了永绝红尘纷扰的妄想——真不愿回去了，甚至，最好回不去，消隐于此，消融于此，消散于此，都是好的。身家已经不顾，心已打开，以舞蹈的姿态，在海风的助力下，旋转，摇摆，世界只剩下这一个小岛了，这一个小岛也只剩下两种颜色——蓝和绿。蓝是海，是天；绿是树，是草。

也唯有在最高处，才见渔村镶嵌在高山和大海之间，红瓦鳞鳞，炊烟袅袅，梯田层层，人间的温暖从海边一直漫延到山上，又从山上流淌到海边。梯田的石砌地堰顺势而蜿蜒有致，不拘格局又自成格局。我的目光无法离开那些红瓦，它们有着大地的肉身和母性，是时间的劫数、痛苦的煅烧，是火焰和旗帜。它们坚硬，但接受断裂和残破。

红瓦之下，长寿的老者一边晒太阳，一边照料着甜晒海货。史老头九十岁了，不到一个小时，百多斤鱼就被他清理好了。根据鱼的大小和浸泡容器的不同，晾晒时间的长短也不同——时间的把握直接关系到最终的口感。浸泡好了，一条紧挨着一条，鱼被放在铁网架上，还要在太阳下风干一两天。岛民都是会晒各种海货的，鲍参翅肚，虾皮紫菜，从小就会。相对于直通陆地的半岛，这里与工业文明有着一定的距离。捕鱼猎海，耕种养殖，仍是岛民的生存方式。留在岛上的多是老人、女人和孩子。年轻人纷纷离开了这座岛，甚至，走了就不再回来。这里太封闭了。他们热爱外面的世界。

孩子们从小就会循着潮水赶海，到海边捡海螺，捉海蟹，或者执竿垂钓。比起岛外的孩子，他们多了几分野性，少了几分见识。在过去，哪家孩子不好好读书，就会被带上船，出海一日，胆汁都

吐出来了，谁也救不了他。回家躺上几天，忽然就开窍爱读书了。当然，总有那么两三个，出海之后的表现让父母忽然意识到这就是个天生的船老大，自此不必再折腾读书的事。

　　岛周礁石杂多，退潮后，缝隙里的海螺像造物主故意遗落在人间的礼物。海螺因区域不同而不同，就像不同的族群有不同的出生地。城口子码头南，潮退之后，露出长满绿藻的礁石。掀动一块，可以看见黄色的"钉蛄螺"和深绿色的"花花宝螺"，大小好比小指头肚，圆圆的，适合嗍嗦，味道极鲜美。小灵山一带生长着"偏心蛄螺"。岛南端的老虎嘴和洋礁一带多是巨大的礁石群，也是辣螺的天下。岛民把小辣螺称作"辣猴子"，礁石上随处可以拾到。大辣螺又称"红眼蛄螺"，只有潮水退到底线的时候才能拾到。岛民说，每年麦收后，辣螺就选陡险的礁崖和浪高流湍的地方产卵，这时到礁丛中赶海拾螺，碰上老窝，能拾几十斤。

　　岛上的黑夜，静得好像在等候一根针的坠落，繁华星光堪比最奢侈的名钻，悬列于普鲁士蓝的丝绒天空。这是天底下最名贵的展览，也是我见过的最美的展览。

　　岛处外海。海面闪着金光，也闪着银光。风从四面八方来，音韵崚嶒。海北沿岸，是水云之间的岛城。

第三章　海货·岛　　　　　　　　　　　　　　　197

东方即是黄海千里，横无际涯。海风温润如玉，清凉如绢，有时候，也锋利如刀，其变化多端丰满了海的精神内涵。温润的海风里，常常飘荡着果实的芬芳，岁月的静好，往来的传说，人便沉醉了。锋利的海风里则是向死而生的诗行，就像王小波写的《我在荒岛上迎接黎明》那样气派——太阳初升时，忽然有十万支金喇叭齐鸣。阳光穿过透明的空气，在暗蓝色的天空飞过。在黑暗尚未褪去的海面上燃烧着十万支蜡烛。我听见天地之间钟声响了，然后十万支金喇叭又一次齐鸣。我忽然泪下如雨，但是我心底在欢歌。

在温润与锋利的形式转换中，我站在村庄里，站在悬崖边，站在沙滩上，站在清空与高淡的内缘，站在身体自由与灵魂峥嵘的共振波上，不消说，此时的岛，已被我站成生命中的印象派。

渡船上

船停在琅琊港码头,随后将开往斋堂岛。等船的人渐渐多了起来。船却没有要走的意思。

"不是说十一点的船吗?"

"十一点半。"

三个老船工爱搭不理。许是问的人太多,他们早就烦了——每天要在这短短的海路上走七个来回。越是节假日越忙碌。除非遇七级以上的大风,船停开,他们才能歇息。

等船的空当儿,我与一个渔把式说上了话。他健谈,我恰有采访的职业病,彼此一下子熟络起来。只是,他健谈偏又耳背,我须凑近了说话,这才看见了那些疤痕,在眉骨和下颌处,与岁月刻在了一处。

"老爷子多大年纪了?"这通常是老者比较愿意回答的问题。

"八十一了。"

"不像。身体真好。"这一定是不会在老者面前出错的话。

事实上,他真的不像。他的肤色不是渔民的颜色。常年闯海的人,满脸"粗暴美学",出海一次,就黑一层,起泡,脱皮,一次次,一层层,黑色便也渗入了肌体,再出海再黑下去,再起泡,再脱皮,直到百毒不侵——而他,褶皱浅淡,面色明净,几颗老年斑隐入了发际线,就像星辰坠落于大地。

"一直住在岛上?"

"我是在岛上生的。我爷爷也是在岛上生的。"

据学者考证,秦始皇遣徐福入海求仙药时,举行了隆重的斋戒、沐浴和祭祀仪式。仪式在琅琊台举行,斋戒之地就在琅琊湾的斋堂岛。

"一直打鱼?"

"十六岁上船,打了五十年。"

这是一条风干的鱼啊,潮水已经归隐在他内心的深处。

"老爷子贵姓?"

"姓肖。岛上只有两个姓,不姓肖,就姓石。出门就是亲戚家。"

我越来越觉得有意思起来。"再无其他姓氏?"

"后来女婿上门,才有了外姓人。"

他说岛上安生,从来不用锁门。来个生人,还不到码头,全村人就都看到了。那一年,20世纪80年代,岛上来过一个小偷,白天乘船上了岛,晚上打算偷偷离开,结果被发现了。小偷围着岛跑了一圈,实在没处可躲,最后丢下东西跳进了海里。我哈哈笑起来,这是一个多么不专业的小偷啊,事先竟然不做环境攻略。

船开了。我和老肖头并肩坐在机舱外面的椅子上。风是蓝色的,裹挟着新鲜的腥甜味,阳光里有逆风的碎金,飘落在我和老肖头的心上。气氛很好。老肖头打开了话匣子,滔滔不绝。

"从前打鱼苦得很,工具非常落后,船又旧又小。冷水冷饭,和衣睡觉,睡在哪里,哪里便是床。""油衣油裤,都是老娘熬夜做的。什么叫油衣油裤?告诉你,白粗布做好的衣裤和帽子,用桐油浸透,反复刷上几遍,下雨天穿在身上挡雨。""真的来了狂风暴雨,油衣还是难以抵挡,大雨点子能把脸打出包来。人站在船头,被浪一下子打到船尾,碰上倒霉,能当场骨折……"

"现在呢?"我听得入了迷。

"现在要热水热饭,还要每人一张床铺。人工太贵了,鱼却越来越少。我的三个儿子都转行搞养殖了。他们在城里住。孙子们有的上大学,有的参军。这些年,岛上根本看不见年轻人了。"

作为渔把式的后代,儿孙们最大的理想似乎就是离开渔船和大海,双脚踩在陆地上,到更安全的地方去,现在看来,这些理想都实现了。老肖头不愿意跟着出岛,守在这里,过年过节,孩子们回来的时候有个"家"在。"再说了,我爷爷我爹的坟都在岛上呢。我也要埋在岛上。"

巴掌大的小岛,在渔业还没有兴起之时,岛民自给自足,日出而作,日落而息。地不多,收完玉米就种花生和芋头。海货比粮食便宜,穷的时候,能连吃一个月。每天到海边捞些野生的海虹、蛤蜊、海蛎子,管饱。这是一种成本很低的食物,不花钱,甚至调味料也都省了,清蒸便好。

"说起来不怕你笑话,我晕了半辈子的船。打鱼的头十年,一上船就吐得稀里哗啦。"

"晕船你还做船老大?"

"那时候靠种地吃不饱,出海才能活命。海上的物种太多了,打了一辈子鱼,我照样有不认识的。"

说起打鱼经历,老肖头既愉悦,又心酸。愉悦的是,大海没有亏待他这个子民;心酸的是,风浪中讨生活之艰难和生死难料。

"鱼虾没有三日猛,赶上鱼虾来潮,就那三五天的时间,要抓紧捕捞,根本没有觉睡。20 世纪 70 年代,蚶子疯了,半小时能捞一大网,干了一宿,二十吨的船装满之后,靠岸再卸下来。回到家,人累得不能动弹。1992 年,船行到秦皇岛,海蜇发大汛,船上的人连续干了三五天,谁也没有合眼,累到最后,手扶着渔网就能睡着。"

老肖头面露喜色,那是因为他说到了鱼虾大汛。"20 世纪 80 年代初,对虾特别多,场面那叫壮观。尤其是夜里,对虾到水面活动,一蹦一蹦的,远远看去就像下大暴雨一样。"直到 20 世纪 90 年代初,还能赶上大鱼汛,有一次他所在的船捕了一万多斤鱼,收获惊人。"十五六米长的船,全是鱼,人连插脚的地方都没有，只好在船头和船尾挤着站着。"

当时的渔家人没读过什么书，却擅长总结事物内在规律。老肖头说到"春白秋夜落"，这是潮汐规律，每天两次潮涨潮落过程，一次强，一次弱，春季强潮在白天，秋季强潮在夜间。"月初月落落疆头"，原来潮间带中段被称为"疆头"，月亮初升或落下时，海水刚好退潮到潮间带中段这个位置，此时是渔民出发到地收获的最佳时间。

我频频点头，心中早已将老肖头奉为大海之子。

按照老肖头的回忆，渔业大发展是从20世纪90年代开始的，出海捕捞的鱼逐渐卖出了好价格，岛民中很快出了万元户，比陆上的城里人还有钱。"那会儿，岛外的姑娘愿意嫁过来，岛上的姑娘不愿意嫁走，倒插门女婿都挤破了头。"

码头旁边矗立的几座专门储存海货的冷库，就是那个时候建的。当初挣下大钱的，现在都换了四百马力以上的铁壳大船，专门跑远洋，半个月不回来一次，听说都跑到西太平洋上去了。

"岛上原来有座小学，渐渐招不齐学生，孩子们都被送到了条件好的市区上学，小学改造成了旅馆。也有把自家房子拾掇出来开旅馆的，生活用品都从岛外运来。十多年前，政府投资铺设了海底电缆和供水管道，通信基站也扯到了岛上，用水用电，看电视上网，都解决了。"

老肖头说话头头是道，且无吹嘘感，一副见过世面的样子。"下了船来家喝口水吧，恁大娘炸了朝巴鱼，愿意吃就一块儿吃点，我这个人不说客套话。"

老肖头不客气，我便也不客气了，心想吃顿饭留下钱便是。下了船，便跟在老肖头后面走。一路上不见年轻人，只有一些老人坐在码头聊天、抽烟。岛分南北，南面是丘，北面是平地，南北之间有一条堤坝连着。岛上原来有两个村，现在合成了一个。老人还是喜欢住在岛的北面，那里有老水井、老家巴什儿。南面是一座海拔六十九米的小丘，好像海岛昂起的头。丘上树多，高高低低。老肖头说，初秋的夜晚，站在丘子顶上，能看见大如鸡蛋的北斗七星。

很快就到家了，肖大娘热情地招呼我。吃完饭，我们就唠开了家常。她边说话边不忘手头的针线活儿，一旁的老肖头却沉默了，许是颠沛了一上午，累了。他盯着老伴儿做活儿，看了一会儿，两眼开始眯瞪，随后打起了瞌睡。

太阳开始偏西。老肖头一觉醒来，恢复了元气。"你要是秋天来就好了，可以买点干海货带回去。刚捕捞上来的，在码头边直接洗干净，晾晒在岩石上，苍蝇不招、蚊虫不咬，海风一吹，三五天就好了。跟别处的味道不一样。"

我许诺秋天一定再来。老肖头看了一眼我手上的单反相机问，沉吗？不便宜。他又说，你给我拍几张照片，洗出来，寄家里。我给你钱。我没有正儿八经的照片，说不定哪天急用。

我明白了他的意思。端端正正地举起了相机，富有仪式感地按下了快门。

耐冬花和候鸟

大小管岛,岛上先民早至明代即在此居住,历来有过往船只停靠补给。清雍正时《山东通志》称:"小管岛可容船二十只,大管岛可容船十余只。"同治时《即墨县志》称:"大管岛,县东百里,小管岛在大管岛之侧。"2007 年的《即墨市志》介绍得更加详尽:"大管岛为西北东南走向,长 1.65 千米,宽 0.31 千米,面积为 0.46 平方千米,最高点海拔 100 米;小管岛南北长约 0.95 千米,东西宽约 0.3 千米,面积 0.29 平方千米,最高点海拔 69.8 米。"

史志难免端着严肃的面孔。事实上,大多数外来者执迷一座岛,不外乎地貌奇峻古怪、民风和食味天然素朴,至于历史渊源,总是越模糊越好,那样的话,就能一厢情愿地将其变成黄药师的桃花岛,离尘出世,超然独立。对于我来说,谈论这两个岛,离不开两个独特的人——大管岛放浪的老王,小管岛拍鸟的鸟叔。

老王骨子里好玩，野，20世纪80年代末期开始在青岛近海的离岛之间出没，马儿岛、潮连岛、田横岛到处都有他的足迹，一边帮养殖户管理海参鲍鱼池子，一边"想怎么玩就怎么玩"。所有的人都说他"不着调"，他只一意孤行。后来上了大管岛，岛上冬无严寒夏无酷暑，水电设施齐全，老王便决定长留于此。

岛上的礁群，形如怪兽，常常捎带出故事传说，其构图扑朔迷离，可谓移步换景，横岭侧峰。只要不是渔家房舍密集的地方，便有喧闹的灌木丛生。前胡、柴胡、天门冬、牛藤、益母草、枸杞子……药用植物随处可见，婆娑着，疯长着。因地处北温带，常年平均气温十四摄氏度，深秋也似春，葳蕤蓊郁，无颓态。岛上有四十七株古耐冬。传说，耐冬是海神娘娘的吉祥花，保佑渔民出海平安，鱼虾满舱。逢春节，燃香请回耐冬枝条供奉，是岛上古老的习俗。又传说，张三丰植于崂山下清宫的耐冬就是从岛上带回的，后来成就了蒲松龄笔下的"绛雪"。

老王一年有八个月在岛上度过，一晃十数年。看老王逍遥快活，朋友，朋友的朋友，朋友的朋友的朋友，都来找他玩，"大管岛老王"的名号就此叫开。来的人多了，老王应接不暇，索性在岛上承包了三排民房，搞起渔家宴。结果是自己不过瘾，朋友们也不过瘾，老王便买来一条二手快艇，带着女婿经营起海岛游。

从崂山仰口去大管岛，单程不到一小时。海上看岛，这岛就是湛蓝苍穹里的棉花糖云。岛的西与北，均有浅海沙滩，码头可停靠万吨级船舶。岛的东和南，则是悬崖峭壁。老王似乎已经把相关史料吃透了，导游一样侃侃而谈：很久以前，这岛子曾是即墨城乡绅黄氏的地界，到了清雍正三年（1725），被鳌山卫廉家庄廉氏买下。廉氏上岛建窑烧炭，逐渐安居下来。目前，岛上有三十几户，全部姓廉……

作为国家海洋技术中心实施的"近海岛屿综合开发利用示范试验研究"的试点岛屿，岛上建有一座三十千瓦的波力发电站，利用风能、太阳能、波浪能的互补，保障大规模的发电系统和海水淡化系统运转。老王的邻居，五十多岁的福英，嫁来岛上快三十年了，她告诉老王，早些年都是靠柴油机发电，晚上八点就断电，电站建成后就不一样了。

岛上的外姓人，除了嫁过来的女子，就是在此放浪的老王。野着野着，老王已经野到了花甲之年，仍是一头卷曲长发，一身桀骜不驯，丝毫没有消停的意思。许是常年在海风里穿梭的缘故，额头鼻梁之间的雕塑感愈加深刻。老王和岛民早已相熟，称兄道弟。岛民甚至有个习惯，打上来的海货总要第一时间送到老王那里，留则留，不留的再给下一家。老王没辜负这份信赖，他的渔家宴，吃过的人都点赞。他将收来的小虾甜晒了海米，自创品牌。闲暇之余，老王带着朋友细细地转遍岛上所有地方。岛虽不大，没人带着也不行。转完，朋友们一定会坐上老王的游艇，去拜访岩石峭壁上的耐冬，最老的那株已六百五十多岁，巨幅树冠高达几丈。

于崂山仰口海边凭栏远眺，天海一色俱无垠，大管岛小管岛清晰可见，似乎非崂山地界莫属。其实不然。在行政区划上，二岛皆归属即墨，是鳌山卫街道管辖的行政村。当然，若追溯历史，王哥庄、仰口和鳌山卫，在清代都属即墨县。

小管岛位于鳌山卫东南海域的小岛湾与崂山湾之间。鸟叔第一次上岛，是从港东村码头出发的，小舢板突突噪响，水路二十分钟，随后他便看见了一个天然而珍奇的盆景被大海捧出，不禁一声惊叹，仙境也！

入了岛，就入了桃源，一切皆超然物外。东眺，大海千顷锦缎；西望，崂山九天悬峰。清晨观日出，最得磅礴壮志，遇云雾缭绕，则琼阁变幻。更不消说，岛上竹影幽幽，清新海风中隐着竹叶茶的清香。岸礁秀中有奇，奇中藏怪，堪称天然的石雕艺术博物馆……

万事沉醉，让鸟叔险些忘了来时本分——他是来拍鸟的。正值秋季，候鸟陆续过境，向南迁徙，多达数十种。小管岛上林木参天，成为千年鸟道上的重要驿站，有朱雀、黄雀、红肋绣眼、暗绿绣眼、铜嘴、蜡嘴、白鹤等珍禽在此息翼休整。鸟叔为掠过头顶的鸟群祈祷，并向这些不畏艰险的旅行家致以深深敬意。"候鸟是阳光与花朵的忠实信徒，它们的梦想比天空辽阔。"

鸟叔拍鸟护鸟，曾投入百万身家。前几年，捕鸟人在邪恶的道路上驾轻就熟，把落网的鸟分为叫声清亮、有观赏价值等几类，拿到集市上出售。野生斑鸠则被送到以野味为招牌的饭庄酒家。捕鸟人早已忘了，人类想象中的天使就是根据人与鸟的结合形象设计出

来的——从某种意义上来说,杀鸟,等于摧残人类自身的精神世界。

鸟叔与志同道合者每年自发地阻截捕鸟人拉网,并在市场上买下野生鸟放飞。青岛是不是一座生态之城,鸟说了算。候鸟有三百四十五种,留鸟有三十七种,野鸭有四种,大雁有三种……鸟叔如数家珍。在青岛生活了三十年,已经很难从口音和体格上辨认出他的南方血统。鸟叔祖籍湖北神农架,父亲是个护林员。退休后,一把柴刀,一双解放胶鞋,一顶草帽,老爷子独自走山头,最多的时候一天砍掉了十张捕鸟的网——鸟叔爱鸟,是有家传的。

从2014年开始,鸟叔扛着相机前往莱西湖、姜山湿地、大沽河、高格庄水库等地拍鸟。七八年下来,拍了数万张,包括十分罕见的濒危物种,白眼潜鸭、蛎鹬、反嘴鹬、白秋沙鸭等等。鸟是有灵性的,它用歌唱的方式与鸟叔说话。在小管岛上,鸟叔扎下野外宿营的帐篷和鸟儿相处,用跟踪对焦连拍的方式为鸟儿拍照——等眼睛看见一只小鸟与环境组成一幅好画面时再举起相机,那就迟了。

"候鸟的一生充满对未知远方的好奇,以及不断改变生活的勇气。"鸟叔喜欢使用拟人化语句,表达人类与鸟类的无间隔关系。

守塔人

一艘船失去了航向，船老大会在漫长的绝望中出现幻觉。夜实在太黑了，他好像看到了多年前的爷爷和爹，看到了"鲸落"和"鲨凋"。忽然，他看到了救赎之光，他不能确定这是否来自幻觉——瘦弱的灯塔，三百六十度无死角，旋转，投射，指引。

汪洋之中，灯塔是唯一选项，以证明光的存在价值和意义。灯塔照耀，便是盛世锦绣；灯塔沉寂，便是至暗荒芜。如今各种导航定位系统已经随船覆盖，灯塔仍然在那里，站成渔民回家的方向，回归的仪式。

青岛海域的现役灯塔共有十座，时间跨度超过百年。马蹄礁灯塔位于小港口西侧，是出入大港的转向点。该塔始建于1904年，塔高十一米。塔周海域浅礁嶙峋，灯塔的意义尤为重大。千里岩灯塔是距离青岛海岸最远的灯塔，位于黄海千里岩岛北顶，建于1954年，塔高十米，塔身红白相间，为经过千里岩岛附近海域的国内外船舶提供导航或定位服务。奥运灯塔是最年轻的，位于奥帆中心主防波堤堤首，根据2008年奥帆赛需要，于2006年4月建成。

塔高 20.08 米，取"2008"之意。大公岛灯塔是黄海海域南上、北下船舶的重要转向点，也是船舶定位的重要基准点，始建于 1908 年，塔高 10.4 米，由白色玻璃钢制成。崂山头灯塔建于 1954 年，石砌圆形灯桩，为沙子口港及近海来往船只助航。大桥岛灯塔在胶州湾口南部，为进出青岛港的船舶导航，红色塔身，钢筋混凝土结构，塔高十三米，建于 1933 年，1954 年重建……

团岛灯塔突出于老城区团岛岬南端，扼胶州湾咽喉，2006 年 5 月被国务院公布为全国重点文物保护单位。团岛又名游内山，1900 年，德国人在游内山海防炮台前建成并启用了这座灯塔。塔高三十三米，基座为八边形，花岗岩砌筑，内有螺旋形楼梯直通塔顶。除了航标灯光设备，还有气雾号装置，在行使灯塔功能的同时，亦用于记录进出船只数量以及气象、海流等状况，供军方研究参照。日德青岛之战时期，为给游内山炮台腾出射击区，1914 年 9 月 13 日，德军工兵炸毁并拆除了团岛灯塔及其附属建筑物。今天的这座灯塔，是日本人在 1919 年 8 月于原址后部重建的。

对于大多数青岛人来说，这座灯塔的战争史完全被魔幻史取代了——哞哞哞，它是"海牛传说"的发源地，坊间有童谣"大雾到，海牛叫"，在软科学和硬军事不够普及的年代，关于这种神秘的低音频，再也没有更好的解释了。有一天，人们终于知道了真相，哞叫声来自"气雾号"，由柴油机带动空气压缩机产生高压空气吹动雾号，逢雾雨天，号角声声，三十秒内鸣四次，鸣五秒，停二秒，为进出胶州湾的船只导航。"海牛"情结深入人心，王炳交父子两代守塔人，更成为一座城市的美谈。

潮连岛距离青岛航标处所在的6号码头大约三十三海里。岛上有座建于1899年的老灯塔，是目前青岛最纯正的德国灯塔，也是德国海军在青岛海域建造的规模最大的灯塔。八角形石砌的塔身高12.8米，灯高约八十米，灯罩玻璃内直径3.8米，通体像个武士。它位于胶州湾外，俯瞰着浪涌浩渺的太平洋。那每十秒钟闪烁一次的白色光束，射程达二十四海里。青岛往来上海、日本方向的船舶都依靠它助航定位。

守灯塔，是个古老的职业，也是一个与孤独拉锯的职业。在潮连岛守塔，通常以三人为工作常态。日日，夜夜，月月，年年，面对大海，为来往船只指引方向，劳作单调重复。为保证这个"武士"万无一失，攀着狭窄的楼梯，守塔人须每天擦拭灯笼的玻璃、太阳能硅片上的灰尘和雾水，清洗电池头，测量电池电压以及检查维护柴油发电机等等。骄阳似火的8月，由于透镜的聚光作用，灯罩内气温高达五十摄氏度，闷热异常，保养起来非常辛苦。即使在冬季，灯罩内也有三十摄氏度的高温，把守塔人蒸得汗流满面。

晚上，守塔人依旧忙碌。他们要用望远镜查看海面的浮标会不会漂走，或者损坏、熄灭。晚上七点半、十点和凌晨四点都要起床确定浮标、塔灯是否正常运行。自从上了岛，守塔人从来没有一觉睡到天亮过，不用定闹钟就会在凌晨三点自觉起床。

守塔人每两个月回陆地一次。再返岛的时候，要一次性带足两个月的食品和衣物。淡水补给靠轮船输送。船靠岸边，水泵抽水，岛上有一个蓄水池，但水要省着用，一盆洗脸水往往重复使用很多次。除了休假，守塔人从来不会离开灯塔。过年值班，或风大滞留，也是常有的事情。

一代代守塔人见证了岛的变化。他们说，刚来的时候，岛上没有太阳能，都用柴油发电。轮船把柴油送到岸边，他们把大油桶一个个背上灯塔，一趟就是四五百个台阶。没有电视的时候就听收音机，主要听天气预报；后来有了电视，也只能收到四个台，信号常常不稳定……

驻岛，守塔，仿佛与世隔绝，很多人因为耐不住寂寞而放弃了这份工作。2006年面向社会公开招聘守塔人后，这一问题更加明显，招聘来的人长的六七年，短的两个月就辞职了。岛上的日子实在太淡了。每次回陆地，他们都笑个不停——看见男人笑，看见女人笑，都想拥抱和握手，那个亲啊。

守塔人在海边开了一块菜地，种了白菜、茄子、豆角。种菜也许只是为了给单调的生活带来一点变化。守塔人与原住岛民已经很熟悉了，经常让他们帮忙捎点东西上岛。守塔人最怕休渔期，岛民全都出岛打短工去了，连个人影儿也看不见。岛上潮湿。4、5、6三个月，雾气愈加深重，所以，守塔人的关节都不太好。可再不好，也要守住灯塔，不能有半点差池。守塔人只熟悉三种声音：船笛声，风雨声，浪涛声。他们不厌其烦地擦拭灯上的雨雾，回头对着大海微笑。

码头悲喜

每个岛都有码头。早年的码头十分简陋。海湾兜转,寻个避风的地方,垒一趟石头就是堤坝了,堤坝上再码几块方形的条石,便有了缆桩。

码头既泊船也进行渔货交易。渔船通常在下午收山,正是码头最喧嚣的时刻,叫卖声、装卸声、砍价声混杂在一起,掀起的鱼腥气随波浪漫涌,从来不会消散。

天没黑,吃饭还早,几个渔伙计开始整理渔网。网目之间牵扯了水草、塑料袋,诸多杂物如果不拿掉,明天收网拉鱼的时候会很费力。就这样忙活到日头偏西,船老大方能带着一身疲惫,朝炊烟的方向走去。半路上,也许碰到了被女人派来喊爹吃饭的儿子。晚霞涌来,抚摸着父子的后背,风浪中颠沛的白日总算有了一个温暖的收尾。

最让人害怕的是,船在不该回来的时候回来了——那一定是出事了。船,可以打缆停泊,可以隔水泊锚,却不能突然返航。太阳才爬升了一半,离下午还早,一条或几条突然回来的船足以让渔村里的每一个女人的脸上挂起愁云。她们放下手中的活计，从山坳的玉米地里，从屋前的花生地里，或者从织网的飞梭旁，从晒鱼的竹竿上，抬起头，眼里都是恐忧：这么好的天气，咋回事？

随后齐齐地扑向码头。

码头为渔获丰收提供奖台，为生活秀制造场面，也可以冷血地给出期盼与喜悦的对立面——当不可预知的风暴发起杀戮，从码头上抬下来的一具具尸体，形销骨立，颜色全无。

女人在离别的码头目睹男人最后的遗容，嘶嚎大哭。脸上褶皱相似的船老大、修船匠、渔伙计，面部堆起不同的悲戚，在码头上徘徊着，想说一些宽慰的话，又不知从何说起。最后只好站在码头上，默默站着，挡住冽冽北风。挽住船缆的手上，皲裂的口子也在悲伤啊。

在渔村，这些都是必须经历的一部分。农耕区的二十四节气歌，意味着生产和生活周期是按年计的。渔家从小烂熟于心的则是潮水时间歌，它非常复杂，每一天都让人心生不安。

出海，深陷在晃动的时间里。站着是晃动的，躺下是晃动的，捧着碗吃饭也是晃动的——在晃动的每时每刻，却要对所处的位置作出准确判断，否则将永远无法离开大海。

渔村的等待，埋没于忧伤的时间里。总有一个未归人。有的是丈夫出了海，有的是儿子出了海，有的是父亲出了海，有的是兄长出了海。在那些悲欣交集的日子里，他们不停地离开码头，又不断地回到码头，中间的迂回，或许就是一生。

出海的人和等待的人，渐渐心硬起来。

行船闯海，命运多舛，心若不硬，只能破碎，甚至疯魔，那样的话，日子也就没法过了。几乎每个渔村都有这样的疯女人，多年以前，大海咬痛了她。

天黑前，疯女人会准时来到码头，坐在缆桩上，逆着天光，三分之二的肢体埋在暗部，加之衣衫破旧，头发散乱，越发混沌不清。她直直地看着码头上的男人搬运渔获或者其他什么，偶尔自言自语，反复都是那么一句，且明显带着幽怨——怎么还不回来，怎么还不回来……

码头上的人渐渐散去。终于，最后一阵摩托引擎声彻底消失在村口。夜幕砸了下来，就像人间剧场失控的帷幕，一瞬间天就黑了，码头沉默下来，沿岸的巨礁穿起怪兽的大氅，随潮声耸动，各种影子在意识里行走，与暗喻为伴。

是啊，月亮升起之前，黑色足以让所有停泊的渔船塌陷。

疯女人依然坐在缆桩石上，像一条风干的瘦鱼。劳作结束的家人，通常是儿媳，远远地喊了起来："回家吃饭啦！"等船的疯女人才起身，跟在儿媳的身后走了。

如果去打听疯女人的由来，得到的版本往往相似：这是一个可怜的女人啊，已经五十多岁了。年轻时从南边的渔村嫁过来，是个

织网好手。一梭一线,一纺一目,斗网、撒网、拦网,不管网眼是粗是细,都不在话下。本村的、邻村的来找她织网,人人羡慕她家的日子好。大约二十年前,她的丈夫出海再也没有回来。从此以后,在每天相同的时间里,她还是去接船,等丈夫的船靠上码头,好帮忙收渔获。

在渔村,"寡妇"依然是个不祥的名词。丈夫死了以后,她一直没改嫁,给四里八乡晒紫菜、织渔网、卖鱼虾、做豆腐,挣些活命钱,等到磕磕绊绊地把孩子养大,她的双手已经被长年累月的劳作打磨得像锈铁,像腐木。

渔村地少,种粮食活不了命,只能去海上讨生活,父亲干不动了,儿子顶上。父子不同船是沿袭至今的习俗,唯有这样,才有希望保全一个家族的血脉。她总共有三个儿子,其中一个儿子长大后执意要做船老大,她坚决不同意,打他,也打自己,最后还是依了儿子。大约十年前,儿子出海再也没有回来。她不相信。"下次涨潮一定会回来的。"她逢人便说。

唉——那个年代的渔村总是伤痕累累。

一个人的"山海经"

至少是一亿年以前的事情了。在燕山运动晚期,地壳深处上涌的炽热岩浆冷凝结晶,形成了质地坚硬的崂山花岗岩。紧接着,在新生代的造山运动中,地壳抬升——每抬升一寸,海浸海退和外营力的再造都会带来地质轮廓的沧桑变化,风霜雪雨剥蚀出岩石的奇峻,海上升起了剑峰千仞。

如你所知,这是一座海上名山,受惠于大自然造物的神工,又夺了奇才的丹青,万千繁复,融融浑然。山南如武士,心硬,面冷,不苟言笑,阅读他的陡峭就像进入了一场冷兵器战争,弓箭与战马齐鸣,山风如吹角连营。山北若仕女,绛裙拂散绿杨烟,与天理人情琴棋书画相伴,清雅而不俗,阅读她就是听取她,淙淙入耳,畅神尚韵之间亦能获得高处的奖赏。

千万年来,用身体阅读山体者,有帝王有僧道,有骚人有墨客,有旅人有山民——无论人生被加定了怎样的副词和形容词,只要"受洗"于此,便被统一了情感的格式:敬畏与赞美。

"崂山"二字最早见于659年《南史·明僧绍传》。《神农百草》

《本草图经》沿用了这个称谓。明末黄宗昌修《崂山志》后,"崂山"逐渐被广泛采用。而此前,这座山先后被称为牢山、鳌山、劳山、不其山、辅唐山……每一个名字都携带着一段波诡云谲的历史或传说:帝王慕名求仙方,千名道士慕名修仙道。春秋时期,这里就云集了一批长期从事养生修身的方士之流,到了战国后期,崂山已成为享誉国内的"东海仙山"。

全真道士丘处机对崂山终生爱恋,他惊叹崂山的气象:"松岩郁崛瑞烟轻,洞府深沉气象清。怪石乱峰谁变化?亘初开辟自天成。"他也赞美崂山的盛景:"云海茫茫不见涯,潮头只见浪翻花。高峰万叠连云秀,一簇围屏是道家。"

历代道士隐山、修身、养性,除了丘处机,最著名的要数张三丰了。据说张氏其人龟背鹤形,仪表神异,云游的去处也多是道教发展悠久的名山大川。据明代崇祯年间御史黄宗昌编撰的《崂山志》记载:"永乐年间张三丰者,尝自青州云门来于崂山下居之。邑中初无奈冬花,三丰自海岛携出一本,植于庭前,虽隆冬严雪,叶色愈翠。正月即花,蕃艳可爱,龄近二百年,柯干大小如初。"这株植于太清宫三官殿的耐冬山茶,至今犹存。高近七米,合围近两米,专家估算树龄六百余年,与史志记载张三丰于明永乐年间(1403—1424)所植,在时间上吻合。张三丰第三次

返崂山后，融合道教医学和内丹养生，连同驰名天下的道家武学一并传授于人，于发展崂山道教、光大全真门派，功莫大焉。

圣贤东临崂山，名道里有丘处机张三丰，帝王里有秦皇汉武，诗人骚客里有李白。李白寄情山水，一生游遍名山大川，但是将游山、观海与寻仙三者结合为一体者，想必唯有崂山。"我昔东海上，劳山餐紫霞。亲见安期公，食枣大如瓜。中年谒汉主，不惬还归家。朱颜谢春晖，白发见生涯。所期就金液，飞步登云车。愿随夫子天坛上，闲与仙人扫落花。"据考证，李白的这首诗作于唐天宝三年（744）。崂山是李白生平第一次见到的海边大山，他沐浴海风，手翻紫霞，恍入仙境，名篇佳作翩然而生。

远眺山海，美景是每个"受洗"于崂山的人偶遇的灿烂。

从烟岚初上到晓色依稀，海总在那里，在阳光下，波光闪闪，银亮满满。海湾兜转，离岛撒落，带来岬角、礁群、沙滩的交错布设，也构成了山与海的对谈方式。当山路回环，海浮动于树与树的罅隙。海雾一旦漫至半山腰，海就退到了远处和虚处。蜿蜒迂行，依旧因云雾弥漫看不到山顶，就连紧邻的峰峦也隐身其中，难识面目。走走停停，雾气渐薄，极目远眺，可见沧海茫茫，水天相融——蓦地，一丛高大山脉赫然显现，巨石堆叠，草木丛生，顿觉威严壮阔，心生惊悸，细看却又在千米之外。

三围大海，背负平川。崂山余脉沿东海岸向北至即墨东部，西抵胶州湾畔，西南方的余脉则延伸到青岛市区，形成了十余个山头和跌宕起伏的丘陵地带。包括西海岸的大、小珠山，皆乃崂山余脉跨越胶州湾向西南延伸的支脉。

当崂山余脉伸至青岛市区，城居生活依原始地貌起伏逶迤，或撒在山坡上或拥在山脚下，"赶山族"像赶海似的——赶时间、赶活儿、赶工夫。"赶山族"里有文有武：武的大多是独行侠，打拳耍棍，舞刀弄剑；文的则喊山吊嗓子，吞吐一口丹田之气，隔山互答，亢扬的声浪如风过山林。赶山，图早，也图那些片刻绝响，鸟之啁啾，几声抑扬的京腔，急促的脚步声……只在此山中，却又不知处。

智者乐水，仁者乐山。山有山的宽容仁厚，水有水的横无际涯。海上崂山，山水兼备，浩荡地演绎着笃定与自由，与其对话，与其相谐，以其作比，可领略天人合一的超脱，洁身自好的境界。当代著名画家、美术教育家吴冠中先生，从"我心"出发，以"再造自然"的大家手笔和哲学理念，留下了《崂山松石》《误入崂山》《崂山速写》等大作。

那是 1975 年初夏，吴冠中先生来崂山北九水写生，他在宣纸上勾勒，从山下一路采石采松到山上，作成了一幅四尺整张宣纸的崂山松石图。后来吴先生专门撰写了这段经历，他说："素描中的石头是空白的，不涂色，只靠线表现其形体特色，这线，既表现了石头，更须同松树之线相配合，时而合唱《天仙配》，时而合演《三岔口》……"

事隔十余年，吴先生翻出这幅素描，似乎感到意犹未尽，便用整张六尺宣纸重抒旧怀，或者说故事新编，作成墨彩崂山松石。"赋了彩，彩与线二重唱；染了远山，灰调烘托主体石头山，山之质量感更凭面积分割中的大小与形状来暗示……"

悟道山海，多少为道者、为儒者、为官者、为民者、为行者、为雅者、为俗者？或去而复来，或来而不知返啊！

入山之前，我一直以为中秋时节最好的去处是海边。堤坝探入深蓝深处，我在上面跳起玄妙的舞，脚下是涌动的潮水，头上是明晃的月亮，它们组成了光明的路，一直通到天边，很应《二十四诗品》里的那句"流水今日，明月前身"。

直到拥有了人生中的第一枚山中秋月，我方才顿悟，月色洒落山体比浮于海面更瓷实，也更深沉。当月光沿山体的走势流淌，只有汩汩的水声和飒飒的风声。一切相似的情感纷至沓来，幽微的，恬淡的。迎着漫山漫天的珠玉清朗，我竟然生出了透明的翅膀，与候鸟一起，与种子一起，飞往史前，去拜访山体升起的时刻。

月亮移动，山影也在移动。山影不是黑色的，山影如靛蓝和青紫。月亮低垂下来，又圆又大，所有细节都能被照见，透熟的浆果、空巢的蜂窝、坠落的独鸟，全部披上了一层银箔。

凭借着风送来的气味，我猜测西坡有很多覆盆子。它们通常被作为药材使用。每到麦黄时节，山野路边随处可见，个头儿比桑葚小，也不像葡萄那样成串，又因为枝上多刺,每次吃起来都难以尽兴。山葡萄只在山顶出现,浆果成熟以后转为黑色,表面密布白色果粉,别有"秋华度青霜"的意境。中秋时节昼夜温差加大,糖分子在山葡萄的体内疯狂集聚,终于散发出迷醉之意。老人们说,从前都用它来酿酒、制醋、晒葡萄干。

亟待月过中天,虫鸣声骤起,犹如裂帛一声清厉划响。一部秋声赋,半部是虫鸣。虫儿们弹唱的是交欢的歌,繁衍本能让它们使出浑身解数,咽咽喊喊哧哧喁喁嘀嘀吱吱咭咭,粉墨登场,去抢夺更多的交配权。中秋一夜,也许快乐至极,虫儿们的歌声化作山谷里的回响,躯体变成空壳,或随风飘散,或辗转成泥。

一个朝代就这样过去了,只有虫卵在土中过冬,来年破春而出,栖息于谷物田间或草木丛中,吃豆科植物的嫩茎与娇果,疯长于暖风的吹拂,秋色才黄便气血两旺,因为怀有强烈的性欲,彼此间互不相让,如此这般再赴一次生死。

我只需借虫鸣洗耳,领受万马攒动,万箭齐发,终于不可收拾。山里古有"十三秋虫"之说。蟋蟀、黄蛉、金蛉子、蝈蝈……若有个好闲的祖辈,留下几件有年岁的蟋蟀罐、黄蛉盒之类的文玩器具和秋虫把玩等传统基因,也是珍贵的秋虫读本了。只可惜,我是大海的臣民,而非山鬼的子孙。这当口并无任何关于秋虫的卖弄，唯一能翻出的家底，就是白居易的"西窗独暗坐，满耳新蛩声"，张耒的"晚风庭竹已秋声，初听空阶蛩夜鸣"，范成大的"壁下秋虫语，一蛩鸣独雄。自然遭迹捕，窘束入雕笼"，陆游的"万物各有时，蟋蟀以秋鸣"，郭麐的"络纬啼残，凉秋已到"，徐悼的"乡国三千里，寒蛩总一声"……

山里中秋夜，每个意象都是一首远古的诗。虫鸣铺展成天籁，是共同的"诗眼"。再赏半边微风，三点疏星，就是这天下的全部。在自然的王国里，我像个饥饿的人，折一张开阔的琴叶榕叶子，包一片月光，夹入唐诗，手法极其谨慎，悲怆的意味全在温柔里，生怕弄痛了它，否则我会想起那些已经被弄痛了的爱情。

秋季，上百万只候鸟途经青岛向南迁徙，黑压压的鸟群过境，当空的神秘浩大无边。

至少有一千年了——青岛是全球候鸟迁徙的八大航道之一，崂山与青岛境内的诸多群山以及六十九个岛屿组成了鸟的驿站。候鸟来自西伯利亚，携带着植物的种粒，展开了最初的繁荣。

崂山密林之间，巡山人的脚步让鸟群疾速升起，扑啦啦，扑啦啦，山谷里回响起好听的声音。鸟和植物似乎持有共同的禀赋，飞翔或生长，活着便不会停止。

青岛野生树种资源五十八科一百一十四属二百八十一种，九成以上在崂山区域。其中太清宫的汉柏凌霄，至今已有两千一百多年的树龄，是青岛地区最古老的树。而位于巨峰茶涧庙的天女木兰，遗世俏立，将根系植于深山幽谷，箍紧那些不为人知的坚硬秘密，移栽别处绝难成活。这是因为天女木兰不同于其他的木兰科植物，只能在海拔较高的湿润阴坡和山谷生长。

千年银杏专门站立于道观佛寺。有庙有观便有树！这树就如庙观的砖瓦横梁，这树会带来安全和方向，相信它，就如孩童相信自己的亲人，徒弟相信自己的师父，迷路的人相信天上的太阳，玄奘相信心中的菩萨。早者植于汉代，晚者植于明清，一棵崂山银杏树，往往已经伫立了一两千年，有了情感，有了灵魂，"淡看花开花落，笑对云卷云舒"——千年的树，还有什么没见过呢？

崂山南麓西九水，八千多亩山林，一行行一趟趟，从低矮到高耸，皆因树的重叠而郁勃。黄杨、白木乌桕、北五味子、麻栎、北枳椇、朝鲜槐、刺楸、刺榆、大叶胡颓子、红楠……无不以季节的名义向人类致意。寒露之后霜降之前，叶子的落落风舞无从消解，愈演愈烈，红色的醺醉，赭色的敦厚，至于那些昂举起来的金灿，正舞荡在金风中，如身披金色铠甲的武士，点兵，成阵。

每天三十多里山路，随身一把柴刀，巡山人在林间穿梭。很多时候，山里除了植物与鸟群，只此一人，他就裸了上身，沐浴天光，任八面来风在脊背上雕刻着波纹——他甚至会把自己想象成一棵植物，与所有的植物兄弟达成契约，以无限的方式亲吻群山。

鸟走了，便是冬日。只有桃枝是红色的，柿子树、核桃树、山枣树、栗子树都在向着色彩的深处沉入，显露岁月的冷峻和铁青。落叶带来了无际涯的深沉。甚至，落叶铺设的路是唯一的路。在这样的路上，听到的橐橐足音，似是一种来自远古的声响。巡山人甚至能感受到先祖的血脉律动，风过而呢喃，似先祖在说话，天籁鸣虚空，引巡山人抬头望天，才见细密的灰色枝丫分割了一空碧蓝，那是万物的规定性，又是局限之上更高的辽阔。

最好来一场大雪，再也无所谓响云峰还是龙泉崮，无所谓具体的指向和位置，雪中的崂山就是全部的世界。只在此山中，每一次的转身，抬头，嗟叹，都是十足的惊艳。时间似乎失去了公正，一切都将慢下来。山影，树影，光影，云影，站在其中的巡山人和我，一起被塑造着，又一起成为塑造者。

匠人春秋

只要铁匠生起炉火,渔村里一整天都响着叮叮当当的打铁声。那一定是铁匠接了大活计。平日里,渔民乡亲拿来废铁,找铁匠打个锅铲,活儿小,不收工钱,却也急不得,要等到大活儿开工,铁匠才捎带着给一起做了。

其实也不用等太久,铁匠总是闲不住的。种地用的锄头、劈柴用的斧头、祭祀用的蜡扦、挂肉用的肉钩,渔船上的四方钉、盖房用的大钉、大门上的圆钉,还有铁门铁栅栏铁窗棂子,都离不开铁匠的手艺与炉火。

铁匠也是有家族传承的。琅玡镇的夏家,打铁第一代的故事可以追溯到19世纪末。第二代鼎盛时期已有三四座打铁炉,学徒者众。第三代的技艺更加精湛,据说曾为山里的抗日游击队做过匣子枪。到了夏志荣已经是第四代。他的打铁铺由废弃的乡村小学改造而来,长期烟熏火燎的缘故,里面更接近暗黑系美学殿堂。

民间素有这样的说法：人生三大苦，开山、打铁、摇大橹。夏志荣从十六岁开始跟着祖父辈学艺，打铁铺的沧桑暗沉，更衬出少年的青春明亮。那个时候，祖父还有力气。炉火熊熊处，祖父和父亲每天汗流浃背。他们很少说话，彼此的默契与信赖，全凭轻重有别、节奏不一的叮当声。

打铁看似简单，其实讲究颇多，学起来很苦，至少要十年才能出师。淬火是最关键的，眼睛都不能眨，稍不留神就前功尽弃了。铁件在炉膛中烧红，用火钳取出，移到大铁砧子上，由父亲掌主锤，夏志荣握大锤进行锻打。父亲经验丰富，右手小锤，左手铁钳，整个过程凭目测不断翻动铁料。方、圆、长、扁、尖，什么形状都难不倒他。夏志荣眼见着那些铁器任父亲切割揉捏，随意变化成型。他不能相信，父亲的手上总有无数的机关可以使用，拇指指挥，食指坐镇，中指周旋，无名指调控，小指协助，手掌起落，一件铁艺品就成了。

渔村离不开铁匠。铁器成品既有与传统生产方式相配套的农具，如犁、耙、锄、镐、镰等，也有部分生活用品，如菜刀、锅铲、刨刀、剪刀等。在铁锤的铿锵声中，夏家一代代铁匠凭技艺赢得了四里八乡的口碑。一把锤子养活一家人，日子还算过得去。在夏志荣的印象里，父亲最爱说——我们就是干这个的，祖宗给我们选了打铁这一行都快一千年了，多少朝代灭掉了，我们虽没挣到什么大钱，却也活得好好的。只要一代一代把手艺传下去，就会有一口饭吃。我们不干这个干啥去？

夏志荣没有同龄人的外出打工经历，他一直守在铁匠铺里，三十六年未改初心，把自己的年年月月打进黑铁里，终于像父亲那样满手机关。铁块烧红，变冷，再烧红，锤子落下，挥起，再落下。对于夏志荣来说，打铁是一种生活方式，而不仅仅是架一个打铁炉，掌握火候，把一块生铁打成器物那样简单的事。这两年，市面上的铁制品都是开模具，进行流水线生产，打铁铺的生意越来越少，夏志荣走着坐着都在考虑产品创新的问题。他与见过世面的外甥一起探讨铁艺制品的新模式——可行性与必要性，商业价值和文化输出。他们考察了若干时尚铁艺品，包括工业风灯、艺术摆件、欧式壁炉、庭院植物架等等，认为大多数缺少内涵，没有辨识度，像流水线上下来的。"我侄子说得对，要挖掘出铁匠世家的那个亮点，让民族手工业在乡村振兴中发挥优势。"

铁锤击打，火星四溅的瞬间，永远是夏志荣内心礼花绽放的时刻。

烟墩角在荣成俚岛镇，村子很小，五百来户人家，村东一座小山挡住黄海，门前就有了一个小小的港湾。七八百年前甚至更早，先祖盖起了海草房，以石为墙，海草做顶。这样的房子，王师夏记得家里共有三间。1941年小暑她出生的时候，奶奶刚好在另一间海草房里过世。

村里土肥渔兴，王师夏没吃什么苦头就长大了。她爹是有名的豆腐匠，出嫁之前，她也跟着一起做豆腐，多是耍着做，爹不舍得她累着。每次豆腐刚做好，她就去切上一小块，撒上葱花儿酱花儿，那味道，没等进嘴就香化了。

豆腐做得好，爹就是村里的体面人。农历小年一过，家家户户会带着柴禾和磨好的豆子，上门找豆腐匠帮忙做豆腐。做豆腐要排队，事先讲好了，这天是这一家，那天是那一家。谁家做谁家自己看着锅和灶火。

这个人情是要还的。村民们会在一年中的任意一天请豆腐匠吃饭，并请他坐在主位。这是豆腐匠最有面子的时刻。这样下来一年能吃不少顿，王师夏总见她爹满脸红光的样子。

长大了嫁人，嫁到成山卫，还是有海草房的人家。嫁过来的时候，豆腐匠让闺女带走了一个磨豆子的磨盘。做了媳妇就得勤俭持家，一天一天，王师夏做起豆腐也有了她爹当年的样子。

下午的时光都沉在了簸箕里。她的头颅是低下去的。仿佛要低到生活的尘埃里。先是簸出黄豆里的碎豆荚，再把石子和干瘪不能发泡的豆子拣拾出来。豆子洗净了放在大铝盆里泡着，时间静静地过去了，干黄的豆子在水里变得形态饱满，像绽开的花。

王师夏刚嫁过来的时候，她爹身子骨还硬，经常会在月光皎白的凌晨赶过来，指点她——每次泡豆子的时候，抓把麦子一起泡，一起磨，出锅的豆腐有了小麦的筋道，自然不容易散。

当年渔村买豆腐要么花钱，五毛钱一斤；要么拿黄豆换，一斤

黄豆换一斤半豆腐。因为家家都种豆，所以大家也乐得以物易物。王师夏一斤黄豆做三斤豆腐，村东那家做四斤有余。可是，村东的豆腐切开就散，必须拿碗盛，王师夏做的豆腐用手托着就可以拿回家了。

"好豆腐熊（骗）不了人。"她爹说。果然，没出一年，村东的就关了门。自那以后的半个世纪，王师夏都起早贪黑，别人还在说梦话呢，她已经开始做豆腐了。

等到木板一点点下沉，水流变成了水滴，最后成了零星几滴，嘀嗒嘀嗒。王师夏搬下石头，掀开木板，揭开屉布，从角落切下一小块豆腐，嘴里一抿，家里人看她的表情就知道豆腐的好与坏。后来，王师夏能靠水滴声判断豆腐做成没有，连豆腐的老嫩程度都不再用尝了。

做了一辈子豆腐，一天不做反而感觉缺了点什么。只有把黄豆放入磨盘，吱吱呀呀地转起来，王师夏才能心安，且常常听得入了迷。

听着，做着，做着，听着，她就老了。两个儿子都没学下做豆腐的手艺，他们书读得好，一个读到了上海，一个近点，留在了济南。

现在想品尝到五十年沉淀的老手艺，不是那么容易了。一来，王师夏年纪大了，每天做不了多少；二来，豆腐一出锅就被附近的渔家宴包圆了。

村里人想吃豆腐，只能等到年根下。每年腊月小年一过,王师夏的豆腐就不再卖给外村人,一直到除夕那天,做的豆腐都是给本村人的。王师夏用这种方式为一方海域祈福,祝福家家户户来年出入平安鱼满舱。

王师夏还有一个绝活儿,就是制作五香豆腐干。有硬有软,越嚼越香,可做下酒菜,也可做零食。制作过程相当烦琐——做好的鲜豆腐,切成细条或长方小块,经日光暴晒,反复翻晾,除其浆味。晾晒好的豆腐用温水洗净入锅卤煮,用盐、花椒、茴香、桂皮等调味,慢火久煮,香气浸润于内。

五香豆腐干也是村人正月里必备的下酒菜,物资匮乏的年代,一盘芹菜炒豆腐干就可以招待一波又一波的客人。现在,村人还是喜欢用王师夏的豆腐做豆腐红烧鱼,或者甜晒鱼炖豆腐,从这家喝到那家,一个正月里都是火红的脸膛。

有个来拍摄海草房的法国导演拍下了豆腐制作流程,他情愿相信王师夏做豆腐的秘方来自古人的炼丹术。小小一枚黄豆若不是被施了魔法,又怎会如此一统中国两千多年的美食江湖呢?

豆腐包容而随和,做主角它撑得起场面,做配角它妥协出味道。豆腐最接近禅,入世容恕,无为清心——王师夏也是这样过了一辈子。

沙子口刘老大,十七岁上船,耕海四十余年,风浪的印染如他的文身，纵横繁密。下了船，始终放不下海上那些事，至今做木船模型已有七年。他按原比例缩小，机关遍布，该用槐木的地方用槐木，该用柞木的地方用柞木，毫厘之间都是细致，包括各种制作工具的打磨与焊接。问他，做过木匠？铁匠？均答没有，当年只是修过自己的船。

单线刨、小角尺、手拉钻、榔头……刘老大的工具箱里，制作船模的工具有数十种，仅仅刨刀就有十余种。刘老大说，船模最难制作的便是船底板，作为渔船最关键的部分，其各部受力不同，厚度也有所不同。其中平板龙骨最厚，它位于受力最大的船底纵中线上。儿子怕他累着，毕竟长时间的精力倾注，会让老掉的颈肩吃不消，可他偏偏入了迷，做起来连饭也忘了吃。驻村干部夸他，凭借匠人技艺传承渔村文化。刘老大摆摆手，木船快要消失了，还有心力就做做吧，只怕很快就做不动了。

第一艘模型是下船之后一气呵成的，总共用了四十五天，船体一米长，四十厘米宽，是一艘挂帆的木结构渔船。整个制作过程不需要图纸，样式和尺寸全凭记忆，寸寸厘厘皆熟谙，船的命他的命早已联结在了一起，彼此的痛是共振的。

想当年，村里的老渔把式都知道这个好后生。他原本要去镇上读高中的，结果那年夏天恶浪吞了他家的船。船上除了父亲还有二舅。母亲疯了。他只能退学养家，为两个妹妹尽长兄之责。他当年最早用的是摇橹船，打回鱼来再挑着一路走到李村大集上卖掉。后来渔船终于装上了马达，三四十马力，跑不远，海上风力七级的时候，是绝对不敢离开码头的。

现如今，从摇橹船到带动力的木壳船、大马力木壳船，再到大型钢壳船，沙子口一带的渔船已经换了四代，个头由七八米变成几十米甚至上百米长，出海范围逐步扩大到上千海里，在海上停留的时间最长已达数月——这些变迁，刘老大是见证人也是亲历者。

刘老大的侄子专门跑远海，刚刚换了一条四百五十马力的大船，在海上待半个月不成问题。钢壳船可以抗击十级以上的大风，将是未来的主流。一千马力的大渔船可以到深海捕大鱼，甚至有能力一路跑到非洲海域，GPS（全球定位系统）导航仪、冷冻设备、防碰撞系统，一应俱全，气派得很。

渔船文化好比一个流动的博物馆。刘老大说，想当年，一条船就像一户人家，家里有什么船上就有什么。早年是舢板木结构帆船，遇风暴或触礁，常常船毁人亡。为祈求平安，就从传统文化的十二生肖里挑选吉祥物，给船上的各个部件和用具命名。到了船模型这里，刘老大依然毫不马虎。他将渔村记忆镌刻在了船模上，视其为抒发情怀的载体。曾经有两个大学生来进行社会实践，一个学土木工程，一个学装潢设计，在模型制作方面比其他专业的人具有优势，可还是做不来，最后都打了退堂鼓，他们发现做船模型真是劳心劳力。

渔民操劳一生全靠一条船。船，承载着他们的青春，承载着家中老幼的日常，承载着对美好生活的期盼。刘老大坦言，渔船很窄，晃动颠沛，睡在上面却感觉更踏实，或许这就是命，或许熟悉的场景让人心安——包括伙计们的笑骂声，永无休止的浪潮声，遥远又逼近的海平线。

浮生半日

每一个岛,除了海风、日月、星辉,除了浪花飞溅,鱼群飞掠,怎么会没有爱情呢?他和她的故事,是我从别处听来的,很短,发生在柴岛。

准确地讲,柴岛不算一个岛,顶多是探入海中的岬。它在即墨鳌山卫东面的于家庄,组成部分包括一个渔港码头,一个海蚀悬崖。月牙状的沙滩位于码头东面。西面是粗颗粒砾石滩,过渡地带满布鹅卵石。周边还有几个渔家宴,几个鲍鱼池子。

柴岛属于典型的海蚀地貌,岩层富含晶体。按照地质学的说法,应该叫作新元古代晋宁期花岗岩,褶皱构造发育,断层叠加。礁岩清峻正在于此,条纵缕叠,入眼如水墨的干皴法,凛然处又似被刀削斧剁。

他是考古爱好者,能从岩石中分辨出藤壶、苔藓虫、鲨鱼牙齿和艾杜拉鱼,并且一直在试图破译这些大海留下的古老箴言。她是音乐老师,也喜欢写诗,尽管写不好。一滴海水里有海的现在,一粒沙子里有海的过去——或者说,一粒沙就是一滴海水的化石。

这大约已经是她最好的句子了。

不知什么时候,他们误打误撞地加入了一个群"文艺不老"。其实就是有点文化和要求的中年人,在岁月面前抱团挣扎。群不大,三四十号人,多数人都在潜水,偶尔冒出来,为某个观点吵上两天两夜,随后退群踢群事件发生。都说中年人理智起来非常可怕,那是因为他们的任性没有找到合适的土壤。

忽然,某一天,不知他从哪里看见了她的诗,便申请加好友。加过以后,也没进入私聊的实质状态,平时几乎零互动,只偶尔给她的诗点个赞。半年后,她发了一张山海风景图,配了一段话:山是霸道的山,霸道中有几分坚定不移,几分旷达高远。水,在千千万万年的光华中,拍打着山,包围着山,伴随着山,以身体以灵魂。

他私信,知道这是哪里吗?她回,不知道,因为喜欢,从别处"偷"的图,并附带了一个害羞的表情符号。他告诉她,这是鳌山湾,在崂山北,感兴趣的话,可以一起去看看。她正值暑假,一拍即合,成行了。

7月底的骄阳,照得满世界白花花的,明亮如音乐的高音阶。他们一路往东,在山海之间放浪。几朵硕大的棉花糖云,忽左忽右,时前时后,甜甜的,柔柔的。他气质清癯,一身纯棉,开吉普车,行事妥当。当他拧开车载音响的时候,她惊呆了,原来他也喜欢艾吉·瓦班的大提琴曲。他贴心地递上矿泉水，又递上山竹，一种口感酸甜娇嫩的热带水果，一系列举动，让她忽然感觉自己像个伪命题的女神。

后来柴岛就出现在眼前了。这里的确跟任何一片礁岩都不一样，她惊叹。他则敏捷地在礁岩与礁岩之间上下、起落、来回。他抚摸着岩体，跟她说，化石表面上意味死亡，其实是对死亡的抗拒，它们以另一种方式进入了永生。他教她辨认海百合化石，万年的狂风和巨浪都不曾将花瓣打落。

她心里忽然就自卑了，原来他才是一个真正的诗人。

这条海岸因受海水侵蚀，形成了海蚀洞的沟渠。每当海潮进入时，洞内就会产生雄壮的涛声，有时如十万军声——他出口不俗，她愈加安静。

再也没有别人，只有他们。乌云忽然遮住了霞光，镶嵌了金边，行色骤急，随后下起一阵不大的快雨，转眼就停了。他们站在一棵大树下，浑身兜满了风。她的长发飞扬，甚至拂过了他的额头。隐隐的哨音从海上传来，像海妖在歌唱。

他讲，小时候去海边游泳，被离岸流抽走，淹没在涌浪底下吐泡泡，他的父亲早已吓得脸色惨白，几分钟工夫就喊破了嗓子，而他被人捞出来的时候还在嘻笑。父亲回过神儿来以后，用大巴掌抽打他的屁股。她讲，小时候去沙滩上堆城堡，晒爆了皮，又丑又疼，第二天邻居家的小姑娘说什么也不肯去了，她则执拗地跑到沙滩上，没找到城堡，便哭了起来，非让大海还给她……讲着讲着，他们才对上号，原来他祖母的家和她外婆的家，只隔一条马路。

他说起了潮汐，中国人更有真知灼见——《山海经》中已提到潮汐与月球的关系，东汉时期王充著书《论衡》，明确指出"涛之起也，随月升衰"。外国人慢了不止半拍，直到牛顿发现了万有引力定律，拉普拉斯才从数学上证明潮汐现象主要是月亮的引力造成的。

他又说起了北阡大汶口文化遗址，就在东面的即墨金口一带，七千多年前，先民们仰仗海的鼻息而聚集而繁衍，择高地居住。发掘出土的大量捕鱼工具以及贝类外壳、鱼骨兽骨，拼凑出半岛先民们的劳作与生活图景，说明当时的渔猎活动已相当发达，海货是主要食物之一。

作为对他的学识的回敬，她吟诵了普希金的《致大海》，这首诗的最后几行一直被她珍藏在心里——我永远不会忘记你庄严的容光，我将长久地，长久地倾听你在黄昏时分的轰响。我整个心灵充满了你，我要把你的峭岩，你的海湾，你的闪光，你的阴影，还有絮语的波浪，带进森林，带到那静寂的荒漠之乡。

遥远的海平线，正在失去一个黄昏。他们站在高处，目睹了整个过程。那些浓重的云和翻卷的海以及抽打身体的风，正无缝隙地覆盖下来，又席卷而去。她和他，就这么站着，内心似有千军万马轰然碾过——然而，他们用中年的滞重和理性压制下一切，终于恢复了沉静与寂美。

他请客,在柴岛吃了一顿像样的渔家宴。她内心小鹿乱撞,味觉散淡。他给她剥虾,剔鱼刺,敲开坚硬的蟹钳,样样做来都是老练的,她一一领受了,又惊喜又忧伤。

晚上,各自回家。临睡前,他从微信上发来数张照片,都是他拍的她,有几张角度实在令她惊喜,冷色调大远景,天海之间的她,微小娇嫩得如同一颗随时都会蒸发的水珠。今天,真希望时光停滞了。他又发来这样几个字。她蓦地呆在那里,其实,在树下躲雨的时候,她就希望时光停滞了。她甚至想,不再回来,把柴岛变成桃花岛,与世隔绝是个深情的好词。

可此刻,她已经回到了三居室的家,丈夫在隔壁房间打着响亮的呼噜,女儿在客厅刷剧。她忽然委屈地湿了眼眶,过了许久,回复了一行字:谢谢你带我去发现。

浮生半日,柴岛礁岩峥嵘竞秀,石色黝然,棱棱如积铁,一切都是初见,干净,也痴深。忽然间她觉得此生好像已无遗憾。

蚶子与鲲与几个片段

时间在潮汐之间消泯，从未停止。蚶子们闭上眼睛，藏于墨城的浅滩，倾听海的声音，多少个世纪就这样一涌而过。

墨城丁字湾。折而往西，向东偏南，便有了"丁"字的形态。湾内岸线兜转，岬与沙洲相间，几进几出，便有了栲栳滩、芝坊滩、鲁岛滩、力岛滩和湾顶滩。蚶子与其他软体贝类一起共享着湾滩上柔软的沙泥，以硅藻和有机碎屑为食。

泥蚶壳白，边缘呈波纹走势；毛蚶色深，有褐色绒毛，壳上的瓦垄更为紧密。血蚶怎么回事？是"叛逆者"吗？我问。

渔把式告知，泥蚶没有经过低盐度海水育肥之前，画风有"杀气"，不是人人都敢下口的。育肥可以让血水自然淡去，肉质愈加肥嫩。丁字湾是个天然的育肥场，多条淡水河从这里入海，稀释了近海的盐度，也助长着血蚶的"叛逆"。

墨城人喜用蚶肉包饺子。霜降以后吃白菜和蚶子都是好时候，将白菜剁碎，新鲜的蚶肉揽几刀，加点肥肉臊，包之前撒一把韭菜末，饺子煮出来有汤汁，鲜亮之味密而不漏。

鳀，身长不足半拃，背青腹白，尾鳍开叉，生活在温带海洋的中上层，趋光游动，有时甚至紧贴水面，像一丛丛浮动的海草。鳀曾经是黄海里数量最多的鱼种，也是造物主设置的一个低微而可靠的食物链环节。每年春季，黄海北部水温回升，鳀在威海石岛东南洄游成汛。当地渔民至少给它起了三个名字——"鲅鱼食""离水烂""老雁屎"。鲅以鳀为主食，"鲅鱼食"这个称谓说明了彼此的宿命关系——鳀在前面跑，鲅在后面追，鳀的鱼汛一到，鲅就不远了。

"离水烂"是指鳀离水死亡后极易腐烂，早年间没有冷冻设备，这是非常恼人的，渔民捕到鳀后只能直接在海中倒掉。"大雁屎"同样是在责怪鳀的个头小，不值钱。随着渔业资源的日益减少，鳀的历史地位逆势上扬，渔民捕到后当船加工。船上的冰冻技术已经成熟，当数万斤鳀在甲板上堆成小山，渔民忙碌而有序，一趟又一趟，一箱又一箱，接力传递到甲板下的冷库，冻成板状，再搬出，堆砌在鱼舱，靠岸后直接卖给养殖户。

在大珠山东南麓宅科码头，我碰到过一个喂鱼佬，他把冰冻的长方体鱼食装船，随后去往五六海里以外的水域喂黑头。只一眼，我便认出锁在冰块里的是鳀，冰块如同琥珀。

"我可以跟着你去喂鱼吗？"

"不行，天气不好，海上有浪，不安全。"

喂鱼佬穿齐胸的黑色胶皮连体裤，一身水渍，一身沉重，看上去像条沧桑的大鱼。四五米长的舢板在码头边摇晃着，他在上面来回走动，从船头到船尾，再从船尾到船头，都如履平地般从容。他肤色褐黑，褶皱有力，呈一种健康的扎实感。

野生鱼种越来越少,空网无获已经不算什么稀奇事,渔民想要赚钱,就得在养殖上下力气。网箱养殖可以最大限度地模拟鱼类的原生环境。不足之处是可供游动的空间狭窄逼仄。黑头倒是适应的。俗话说,兽有兽道,鱼有鱼窝,黑头胆小刁滑,原本就栖于岩礁区的缝隙、人工防浪堤的石罅、沉船和海底杂物中。

"我可以跟着你去喂鱼吗?我不晕船,而且会游泳。"

"不行,天气不好,海上有浪,不安全。"

喂鱼佬一边重复着之前说过的话,一边继续自己的劳作,将长方体冰鱼食沿船舷摆放,一行行,一排排,顾左右而平衡。随后他从缆桩上解开绳索,发动马达,突突突,海面上掀起浪花,还有一股浊重的柴油味。他带着黑头的美餐,很快开远了。

不能想象一个没有烈酒的渔村。骨头缝里的老湿气,恶浪惊悚症和绝望症,昼夜不停地劳作伤,全凭烈酒消解。入口就是一条火龙,过喉咙,闯食道,沿脊柱椎体下行,穿过膈肌的食管裂孔,终于到达胃部。这段距离不过三十厘米,却像赤道那么长,为环形肌和纵行肌带来振动,打通颈部、胸部和腹部,进而打通全身,打通魂魄。

渔家以烈酒为礼,为仪,为奠——祭海,拜龙王,敬妈祖,都离不开烈酒。烈酒纯粹,传自古法,借日

月精华，纯手工酿造。春节前后，渔船已经不再出海，却是酒师傅最忙的时候，一辆三轮车上，驮着两口铁皮锅，两个大蒸桶和蒸馏器，在近十个村庄巡回烧酒。如果"酒神"帮衬，一天能把发酵后的七百多斤地瓜丝蒸馏出酒来，还都是四十五度以上的好酒。酒烧得好，象征着来年日子过得红红火火，事事如意。

找个独特而古老的渔村，住上一段时日，长则月余，少则十天——年年如此，这个习惯我已经持续了七八年。在莱州土山镇提家村住的那段时间，我总会遇到一个醉醺醺的老把式。他说，如果当年拜在酒师傅门下，可能就不出海了，反正赚多赚少都不愁没酒喝。老把式离开酒不能活，我甚至怀疑，他是为了找回船行海上的摇晃感而喝的。一生耕海，他已经不习惯在陆地行走了。

他跟我吹嘘，年轻的时候从来不买酒，都是拿了鲜鱼去酒师傅家换酒。他也用这种方法去铁匠家换锅，去豆腐匠家换五香豆干，去剃头匠家换个理发刮脸。他说自己打上来的鱼，味道最纯正，离水两日还能活。后来，我曾亲眼看见他将几条当流的鲈鱼或鲅鱼，绑成了一张弓的样子，拎在手上。若仔细看，草绳子是从鱼的鼻孔穿进去的，另一端固定在鱼肛之下，头尾相离的张力让鱼鳃大开，说白了，这相当于强制加氧。此番重绑，鱼一动不能动，其氧气消耗自然也降到了最低。他一向弓右不弓左，这样可以减少内脏压迫，鱼的主要内脏在左边，往右弓的鱼比往左弓的鱼活得久一些。

老渔夫主要喝两种酒，地瓜烧和苞谷烧。每年 10 月份，地瓜收了，老渔夫就刨丝晒干储存起来，静待酒师傅上门。

一切都要从那片海说起。

太平路39号窗外，涟漪铺展，第六海水浴场的沙滩在阳光下闪烁。每一次潮涨潮落，对于九岁的男孩来说，都是一次探奇捡险。他习惯从窗口望向大海——天亮了吗？天黑了吗？有月亮吗？起浪了吗？船来了吗？

船真的来了。它们永远沿黑夜而来。只要比台风前锋早一步抵达海岸，避开像墙一样坚硬的巨大海浪，渔民们就是安全的。台风到来的早晨，男孩几乎不能相信自己的眼睛，平日里寂寥的滩涂上，忽然停满了舢板，一丛丛，一纵纵，一排排。巨大的船锚抓住了滩涂深处，也就抓住了陆地。散发着锈铁味道的粗重锚链拴在船艏或船舷。

男孩数了数，三四十艘的样子。

渔船靠港避风，少则两三天，多则五六天。渔民们补给饮用水，补给食用油和醋，梳理渔网以及给船体刷桐油。如果时间充裕，他们还会上岸逛一逛中山路，到谦祥益扯块布料，到环球买点文具，捎给家里的女人和孩子。

水和醋是用海货换来的。渔民们捧着装满海货的钵子，黑头、黄花、牙鲆、梭蟹，走进太平路39号或隔壁院落。他们笑着，善良而笨拙，脸上的皱褶，风痕深刻。他们大多说着会有不易听懂的南方话，男孩从母亲那里得知，他们来自浙江或福建。很快地，男孩开始盼望刮台风，盼望渔船来避风，这些都预示着餐桌上会有鲜亮美味。

有船的日子，滩涂上的游戏也变得更加有趣。男孩和小伙伴们在船与船之间捉迷藏。退潮的滩涂水光闪闪，船体倒影其上，斑驳，浑厚。男孩踏破那些倒影，像踏破一个个秘境。

当男孩终于爬上一艘大舢板的时候，那种惊讶，成年以后，他知道应该叫作对于人工造物与生活智慧的致敬。舢板保持着传统手工的质朴和实用。收拢的船帆像沉睡的雄狮，一旦张帆直上，它就会借助气流和风力，像神话中那些生出羽翼的狮子，强悍勇猛，穿越海洋。经过修补的船帆，更显出见惯风雨的苍劲，被灵魂的力量附着。船艉通常是四方形的，有一个小屋，是渔民起居做饭的地方。每只船的艉部都有一对红色眼睛图形。渔民们相信这些眼睛能给船只带来幸运、财富和平安。

20世纪60—70年代，渔船经常在青岛六浴西边的滩涂上避风、歇息、休整。中国南方的渔民与太平路上的居民你来我往，渐至熟络，彼此挂念。这份港口城市独有的淳厚人情，是青岛故事不可或缺的一部分。

日月自明，星辰有序。禽兽生生，水流淙淙。一切事物，非事物，不约而同地遵循着某种规律，其大无外，其小无内，不生不灭，无始无终——这就是老子所说的"道"。

洄游，道也。一定的路线，特殊的规律，鱼们往返着，迁移着，千百年来不曾更改。洄游形成鱼汛。洄游也奔赴生死。为什么要洄游？不外乎三种理由，产卵、索饵和越冬。鱼似乎很挑剔，不到特定的时间、地点、环境，产卵之类的事情就无法完成。大多数时候，产卵和索饵前后相跟——繁殖活动消耗了巨大能量，鱼群必须游向饵料丰富的海区，以成长育肥、恢复体力、积蓄营养，简单地说，就是一起找吃的去。越冬洄游则和候鸟南飞一个道理。鱼类是变温动物，为了追寻适宜的水域，冬天来临之前，开始集群性移动。

每一年，不同的洄游时间，形成了不同的鱼汛。其中春汛和秋汛是大汛。所谓"谷雨前后，百鱼上岸"。9月开海，鱼群的索饵和越冬洄游，又带来了秋汛。洄游是鱼类在漫长的进化过程中自然选择的结果。洄游距离的远近与鱼类的体型大小及其自身状态有关。体型大的，含脂量高，洄游距离较远，鲟、鲑、大马哈鱼、鳗鲡的行程均达数千里。

潮汐涨落，携带着鱼卵和仔、稚鱼，远离了出生地。性成熟通常来得很快。春水温柔之时，成鱼像接到了诏书一样，集结成大群，开始往命中注定的地方进发。表面上看，鱼是通过洄游到达了近岸的产卵场。事实上，洄游也是一种乡愁，鱼们回到出生地——回到种族的过去，先祖的过去，仿佛像人类那样发出灵魂之问：我是谁？我来自哪里？

大风起兮

刮了一夜的大风。天亮之前,我梦到自己被吹走了。

我一直贴着海面低飞,一直没有坠落,似乎被某种力量牵引着,托衬着。浪头很高,也只能打湿我的裙角。一些鱼在浪涌之间隐现,还有一些鱼在空中借风飞翔,它们身形如梭,流线优美,胸鳍壮丽地展开着——比胸鳍更让我惊艳的,是它们的巨大尾鳍,螺旋桨一样,在风中加速,赢得额外的推力。

飞起来不是一件坏事情,眩晕,失重,也欢愉。在现实的世界里,我无数次地渴望拥有鸟翼鱼身,沿着不为所知的轨道,摆脱凡俗桎梏,更自由,也更高远。梦的尾声,如所愿一般,我被风送到了一个荒岛上,兀自独坐,镶嵌在礁石的高处,云朵因此变得低矮起来,似乎伸手可以采摘。忽然风就停驻了。我开始害怕,不知道究竟还有什么力量可以将我送回到原点……

梦很短。在矛盾点爆发之前,我便醒了。现实主义的窗外,一夜之后,大风越发骤急,没有任何收场的预兆。这是11月的早晨。

是啊,大风在每年的11月到达,从未失约。接下来的整个冬季,大风打着旋儿，发出动物的哀鸣，植物的尖唳，婴儿的啼哭。四面八方都是深深的混响。市中心如钢筋丛林，高楼与高楼之间的凹口，极容易形成风的旋涡，莫名又低闷的吼声从那里上涌，上涌，最终汇入轰鸣的市声。从高楼里出来的人们，大多有着硬朗的行头，他们兜肩而行，眉头紧锁，眼睛藏在镜片后面，帽子严实——为了不被大风席卷或贯通，他们恨不能关闭所有的感官。

每年都有数场大风经过半岛，从正北或西北方碾压而来。七级，八级，十级，十二级。海风之尖锐仿佛携带着重物或暗器，海边的岩石皆被打磨出弧线。半岛的人被风吹着走，半岛的树被风吹着长。有时候，风把人刮歪；有时候，风又把歪长的树刮直。人和树所能做到的，就是将风痕变作基因或文身。任何树种到了半岛，都很难笔直而上。那些意想不到的拐弯、盘曲、迂回和辗转，都是拜一场场海风所赐。这段拐弯来自顺从，那段盘曲来自防御，风向塑造了树的结构，却不能动摇它们抓取大地的决心。

半岛人口音莽硬，江湖气重，去声颇多，声声入海，饱含着分量。这或许是先民们在与一场场大风较劲的时候，呛着风应答来去，风声愈大，人声愈响，长此以往，便也成了一方水土的基因和习惯。风大，句子不能长，否则后半部分很容易被风斩，于是倒装句出现了。倒装句并非语序混乱,而是说话直奔重点,且要将重点放在句子最前面,以保证传词达意。先民们在腥风恶浪中讨生活,随潮汐派遣心跳,凭的是自然之力和生命原力。船头与船艉需要交流,船上与岸上需要交流,船与船之间需要交流……关键时刻,多说无益,也没有条件,况且,靠风传话,话不能长,最重要的必须先喊出去,不用多久,剽悍的发音和脆生的语境就被塑造出来了。

冬天的凛冽北风最终消失在海面上。来年惊蛰过了,风向转南,海雾须臾而上,春寒仍然料峭,直到5月底,仍不肯将息。以至于,半岛的春天来得特别晚,总是轻寒漠漠的样子。

每一场风后,都会有几朵陌生的云,停留在半岛上方,模样怪怪的,颜色生生的。风若不来,这几朵云就会一动不动赖在头顶,变成狐狸,变成乌贼,变成芙蓉花——变成意料之外的形状。只是风一过,人们忙起来,很少有空看天,变成什么,再无相干。

台风到来之前,空气浓稠得像米粥。天地之间的缝隙越来越小,人们身心肿胀,大汗淋漓,脾气暴躁。蚊子比其他任何时候飞得都低,它们忽然有了超乎寻常的食欲和性欲。渔民早已忙作一团,不是往家里跑,而是往外面奔——收网具,系船只,压瓦片。

台风带着魔性,所过之处,横扫一切,砍杀一切,张开凶残的面目,朝着万物相反的方向,用风刃剖解了骨骼和根须。渔村几乎被撕碎。早年间都是茅草屋,台风来一次,大半个家就没了。渔民用大石头将屋顶压实,或者先在屋顶罩上绳网再压石头,却也经常徒劳。瓦房普及以后,为了防止瓦被风掀开,每隔几排就要用水泥将瓦片封死——龙卷风来了，照样带走一切。龙卷风在海面上卷起水柱，被渔民叫作"龙喝水"，这种天象一旦出现，总要有几条船留在海上，成为祭品……

矛盾的是，渔民一边怕风，一边又喜欢风。船行于海上需要风，有道是"破帆顶上三千桨"，有了好风口，再破的帆也能生出翅膀。运气好，不早不晚碰上东风乍起，送来鱼群，即刻下上几网，就能挂得胜旗，满载而归。一旦错过了风口，还要继续赶海路，不敢空空地回港。

做田野调查，老渔把式时常把风挂在嘴上："东风一刮海涨潮，三天以后下虾牢。""米虾跃水面，明朝大风起。""北风如刀割，东风尽管掭。""一日西风三日寡，三天东风动瓢掫。"这些谚语都是讲风和鱼汛之间的关系，意思是说西风妨碍鱼汛，网网打空，东风一刮，才能带来暖流，形成鱼汛。

为了更准确地捕捉风向风力，渔民将日常物象与之对接，呈现的都是比拟修辞："静风烟直上，一级示风向，二级篷布响，三级红旗扬，四级草屑飘，五级起波浪，六级桅顶响，七级迎风晃，八级树枝断，九级掀屋梁，十级拔根起，十一级不见物……"

除了日常物象，渔民还借助天象变化预测风力，有"日出太阳白，明朝大风发"、"日出胭脂红，无雨便是风"、"月亮有晕，关窗闭门"、"星光摇，起风暴"

等谚语。在没有任何科技设备的年代，谚语就是渔家世代相传的教科书，与风博弈、共存，都离不开它。

8月是台风的日子，云层厚重压境，风卷浑浊，大海常常散发出硬冷的神秘感。

台风今晚登陆，台风擦肩而过北上登陆，台风将从正面登陆……任何一种关于台风的播报，都会带来一个妖娆至极的热带名字。桃芝，鸣蝉，巨爵，帕布，珍珠，蝴蝶，圣帕，鹿莎，茉莉，苗柏，卢碧，百合，蔷薇，妮妲，摩羯……每一个都如罂粟花开一般，至美至毒。

风是空气分子的运动，当它的能量被无限放大的时候，一朵海上恶之花就诞生了。它路过海峡和大洋，经过千里迢迢的长途跋涉，旋转着裹挟着风雨，闯入人们的概念，张开凶残的面目。早在18世纪，澳大利亚气象学家突发奇想，用女性的名字命名台风，直到1979年的赛西尔飓风，才是美国历史上第一次用男性名字命名的台风。

犹记得1985年8月19日，九号台风登陆青岛沿海的时候，似有天兵天将串通了海龙王老爷，又搭上发狂的天狮一头，铿铿锵锵好一顿砍杀，百年梧桐竟也折了腰。住在临街的房子，半夜能听到满窗都是脆断的咔嚓声。岛城似要随浪漂远，漂回洪荒时代。

平均风力十级，最大风力十二级以上。一夜又一天。到了傍晚，窗外的动静平缓下来，强烈的好奇心驱使着野女孩扑向风雨。出门的那一刻，"冒险"两个字让我兴奋异常，两眼放光。穿过空无一

人的马路,在横七竖八躺倒的大树之间寻找落脚点。我跑到海边,看到巨浪像墙一样站立起来,一些卖工艺品的小木屋尸首全无,一个汽艇码头被摧毁了,大浪漫过红色礁群扑上甬道,甬道上竟有各种海产品,像喧嚷的海鲜市场。我躲浪也追浪,兀自大笑与尖叫,最后浑身透湿地回了家。

那是一次名副其实的台风正面登陆,懵懂年少的我看不到危险也不识愁滋味,巴不得台风将平淡的生活变异,如此,便可以不用做功课,并从大人们严厉的管教中逃身——台风的日子里,他们只顾着囤积日用品去了。

最近的一次台风记忆是"利奇马"。2019 年 8 月,它一路北上,撕心裂肺,上海、江苏、安徽、山东、福建等省市大受其害。来自官方的消息称,它先后造成约六百五十一万人受灾,约一百四十六万人紧急转移安置;房屋近三千五百间倒塌,近三万五千间不同程度损坏;农作物受灾面积约二百六十六千公顷。浙江、上海、江苏等地三万多名消防指战员共参加抢险救援近五千九百起,营救遇险和疏散转移被困群众约六千三百人。8 月 11 日晚 8 时 50 分,"利奇马"的中心于青岛市黄岛区沿海再度登陆。渔船早已全部回港,海岸边拉起了警戒线,青岛可谓全民皆兵,国家防汛抗旱总指挥部继续保持防台风Ⅱ级应急响应。当外围螺旋雨带扫过淄博、潍坊、临沂等地,暴雨倾盆而下,荡涤着整个夏天的黏稠,缜密无疏漏时——奇怪的事情发生了,处于风眼的青岛,却云消雨散,夜间甚至能看到闪烁的星星。

那几天,我时常站在窗前,看气象万千,看看重金属似的云朵投下硕大的阴影。一切都是虚惊。气象专家给出的解释是,台风中心的气压相对平均,平均气压场里的风往往是最小的,即使海面上已经达到超强台风级,台风眼的内部往往无风无雨。一时间,全城哗然,关于"风暴中心"的说辞,除了庆幸,除了风水宝地,人们甚至用一句电影台词来相互调侃:最危险的地方,就是最安全的地方。

我特意恶补了"风眼"之类的知识。获知台风眼区的气压最低,风速也很小,为微风或静风。而眼壁附近,风速急剧增大,绕着它的中心以反时针方向快速地旋转,达到极大值,形成大片灰黑色臃肿高耸的云层,暴雨倾盆。由于台风眼外围的空气旋转得太厉害,在离心力的作用下,外面的空气不易进入台风的中心区。在台风眼中,常出现许多鸟群。这些被台风气流吹到台风眼区的海鸟似乎找到了避风港……

台风终究没来。警报解除。海一点点回转了脸色,气温却降下来,晚上睡觉要盖上被子,早晨出门,需披上那件白衬衫。踩着满地石榴花的热烈肉体,走过水汽未散的马牙石路,夏天真实地结束了。

半岛的语文(代跋)

1

先祖分别用"潮"和"汐"来界定白天与晚上的海水上涨,后来,约定俗成,潮和汐也就统称为"潮"了。

抛却月球和太阳的引力之说,我幻想着神话中的海神真的存在——是海神的吐纳呼吸,制造了海水的涨涨落落。时间一到,迅猛上涨;时间一过,层层退去。如此循环往复,永不停息。

潮水一旦退到远处,便裸露出滩涂的肌理,抽象画一般迷乱,又底牌一般坦然,这种概念与形态的冲突带来了撩人的戏剧感,唯扑身其上,方解心头爱恨。逢天文大潮,滩涂空阔好似大漠,于阳光底下泛着淡淡烟气,缕缕,袅袅,那种时候,我便想起了湮灭的远古。

父亲在莱阳路出生长大。20世纪50年代的某个时日,他啸叫着,冲出莱阳路35号的镂花黑铁门,穿过马路,来到鲁迅公园,在那片难得一见的红色礁岩之间,找到了最初的人生演练场——演练少年的莽撞,演练血性里的勇敢,以及游戏的天分。后来,我和妹妹也经历了相同的过程。

事实上,若盘点海边生长史,没有哪个孩子不曾在礁石之间蹿跳,踩上黏滑的海藻,身体失衡,摔倒是常有的事。鲜血可以很快被海水冲洗干净,生命中的伤痕却留了下来。滩涂上的那些孩子用整个下午建造起来的城堡和宫殿,似乎只是为了等待潮水。后来,潮水在身体里涌动,我完成了青春祭,于海风中跳起玄妙的舞,用自己的花朵打开一片天空。

潮涨潮落,日子推移着,到了春天,到了秋天,鱼汛说来就来。凭借一股神秘而无所不能的力量,鱼群在深蓝里集体创作,前行,上升,下潜,加速,忽然的停顿,甚至转弯时也保持着统一的角度。它们在听命于一种神秘指挥,或者,凭借天生的种群沟通能力,遵循着内在的秩序。不然,谁能解释得通这一场场浩大而壮阔的行为艺术?

捕鱼看潮水。来了好潮水几天几夜不能睡觉,要趁着潮水浪峰抢鱼。渔民们习惯了随浪涌派遣心跳,且从未停止过对于大海的解读。口口相传的谚语,是海上的自然规律,也是潮水日子里的草根教科书——

"二月清明鱼是草，三月清明鱼是宝。""早上空打空，晚上驮不动。""台风过，海蜇无。"这些说的都是鱼汛与潮水的关系。

"早有胭脂晚怕白，天见此象大风来。""日晕三更雨，月晕午时风。""北打闪起狂风，西打闪雨重重。""春风不过宿，一天南来一天北。"这些都与风相关，而风向直接决定着鱼汛。

"黄昏乌蒙蒙，明日雨绸绸。""天上云像瓦，刮风把雨下。""大瓦风，小瓦雨。"这几句堪称海上晴雨表。

"正月十九观音暴。""三月清明田鸡暴。""四月立夏暴。""九月初九重阳暴。""过了重阳暴，海过打铺好睡觉。"这些则概括了风暴发生的规律，说的都是大海翻脸不认人的时候，美好和险恶之间可以毫无间隔。

海，赤裸湛蓝，银亮的波浪文满全身，像世世代代的王。只是，在海底深处，在浩大的底层，多少迷途的渔船，枕在上面，枕在潮汐的暗蓝色宁静里，永远地进入了睡眠。

潮水涨落，销金熔银。潮水涨落，繁衍生息。

2

半岛三面环海，一面与大陆相连。温带季风巡回，鱼群过境，鸟群驻留，鱼和鸟让半岛盛产寓言，那些胸鳍或翅膀，更接近自由的图腾。

胶州湾内外散落着七十多个半岛、孤岛。最大的孤岛属灵山岛，面积7.66平方千米，其次是田横岛，面积1.3平方千米。余外的都十分精小，在0.6平方千米以下，分别叫作竹岔岛、槟榔岛、潮连岛、大公岛、小公岛、徐福岛、大桥岛、小桥岛等等。

孤岛是海货的老家，人类的桃源，庞大的精神旋涡——在那里，时间以另一种方式流淌。世代与渔的人文，针脚一样密实着岛上生活。岛上常常有一个码头，一个堤坝。只要堤坝伸向海中，各类人物就会粉墨登场，船老大、船伙计、盐工、剃头匠、豆腐匠和织网女，把堤坝变成了段子现场，他们用倒装句传播笑料和八卦，以缓解劳作的艰辛。堤坝同时扮演着他们的田间地头，卸鱼补网，粗细活计，无不在此忙碌在此完成。岛上的白天，女人比男人多。男人剪开大海，飞翔去了，嘶吼去了。而女人是缆和锚，有她们在，就有岸在，就有降落的时候。

青岛之名，源自海中之岛。《胶澳志》中记载："青岛，在青岛湾内不足一海里。""山岩耸秀，林木蓊清。"故名青岛。"青岛"二字，自海及山及地，最终命名了这座城市。至于海上的葱茏岛屿，最著名的要数"小青岛"。1897年，德国租占胶澳后，在小青岛上建起灯塔。1915年7月，灯塔重新修建启用。这座高15.5米的白色八角柱石塔，自此成为船舶进出胶州湾、青岛湾的重要助航标志。岛有灯塔，夜光不灭，它是"琴屿飘灯"的源头所在，也是这座港口城市的沧桑见证。一百多年过去了，小青岛上的灯塔，依旧沉默而坚定地守望着一片海，一座城。

胶济线是中国最早的铁路之一，它改变了这座岛城的命途，也成为无数人命中注定的起点或终点。1904年胶济铁路通车，现代工业文明萌芽，城市兴起。移民的到来完全符合港口的构成特点。资料显示，明代从洪武到永乐年间，外来人口不断增容，一代代，卖劳力拼脑子，留下来，娶妻生子。1937年以后，半岛地区战火不断，大陆尽头的岛城凭借地理上的孤绝，比之那些中枢要道消停许多，半岛移民潮再次汹涌起来，诸多"流亡政府""流亡中学"都来了。十年，二十万，人群如潮浪一个接着一个，一波高过一波。从1897年到1949年，仅市区就从十余万人口发展到八十余万人口。其中的一部分是人口自然增长，大部分则为外地移民。

乡音不改，改不了，也不肯改，这是在异乡寻找同盟、建立帮派的依据。一时间，南北兼有的风俗和食味铺展开来，最终形成了说话的腔调、处世的规矩、做人的姿态。人们似乎一直在证实，只有追随风暴一样的大势,才能找到存在的所在。人们无望,狂欢,沉浮,消失,周而复始,深深疲倦——就像大海的任何一颗水滴。

3

老人们都已经糊里糊涂了。说起海货,还是一套一套的。

他们笃信,海边的人饿不死。海货就是粮食。海里的东西挖不光也捞不完,下次涨潮又送来了新的馈赠。饥荒年代,前海后海,家家户户,都曾去海边挖蛤蜊,撬海蛎子,捞海裙菜。那些年,住前海的常常羡慕住后海的,在老四方和沧口一带,虾虎又肥又多,捞一盆能当干粮。

大多数海货难以活着离开青岛。过去如此,现在亦然。这里的人们三天不沾腥,就有种被赶出族谱一般的断舍离痛。怪只怪,海货之鲜咸是基因里的记忆,是生命况味的重要部分,是味蕾的三生恋人,早就被纳入日常了。

画风通常是这样的:人们像猫科动物一样巡视着意识流里的疆土,熟悉的气味让他们心安。他们卸下盔甲,使用最闲散的步态,最自若的神情,走向了农贸市场。没多久,右手拎着当流海货的他们,顺路拐

进路口的啤酒屋，再出来的时候，左手已经提上金灿灿的散啤。走在回家的斜坡上，行于锐角的伏笔里，他们必会遇上翻版的自己——楼上老王、前楼大张、老婆跳广场舞的闺密的老公，彼此手上都有着相同的装备，也可以说是青岛幸福生活的标配。这个时候，他们与他们，会像对暗号那样，抛出万变不离其宗的一问一答。

"哈杯？""哈杯。"

有时候，饮食风俗就像一个城市的血型——间接管辖性格、气质和缘分。饮食风俗亦折射历史学、社会学、经济学、美学等等。"哈杯"与"海货"，这一对儿，一样活泛，一样杀口，一样鲜艳，又一样低微，一样赤诚。

关于海货什么季节最肥，资深老饕联动船老大、苍蝇馆厨爷和啤酒屋老板娘，给出了一个公道说法：1—3月的八带，2—3月的海虹，3—4月的香螺和泥蚂，3—5月的虎头蟹，4月下旬至5月的鲅鱼，4月的带子（也叫"超级大海虹"），4—6月的虾虎和扇贝，5月的蛤蜊，6—8月的黄花鱼，7月初至10月底的鱿鱼，8—9月的虾，9月的带鱼，9—11月的梭子蟹，12月至来年3月的野生海蛎子……

没有新鲜海货的日子，还有甜晒干货。在青岛，味觉从来不会寡淡。虾皮，海米，紫菜，扇贝柱，蛤蛎肉……风干后的滋味纯正且丰富，炒菜炖汤凉拌煮面，撒一把，丢几片，任它们在食材之间耍出小花招，那汤那菜那面的层次感就出来了。

海货是个大部头，依据个体的生活经验，又被细分成无数章节，演绎出人与大海的美好关系。唐朝的卢纶《送何召下第后归蜀》曰："水程通海货，地利杂吴风。"宋代的梅尧臣在《余姚陈寺丞》中曰："海货通闾市，渔歌入县楼。"在这青青的岛上，海货是一种集体的信仰，是一方人自觉甘愿成为海的子民的物证。又或者，海货早已成为半岛人表达情感、启发趣味、延续文化的介质。

不在海边的日子，想家，其实是想念海货的味道，不管多么遥远，鲜活如昔，无法淡去。这一种味觉的固执，比永久还久。

4

在半岛，谈论海货是打开话题的好方式之一。这个话题具有普世性，流通于土著与旅行者、船老大与诗人、鱼贩子与上市公司老板、大学教授与包工头之间，毫无违和感。

在半岛，每一个拼力生活的人都有传奇，一段，几段，乃至毕生。多年田野调查，我被这些"传奇"

感染、渗透、启发，进而敬畏，谦卑，歌唱。

山东半岛是中国最大的半岛，以东西二百九十千米、南北一百九十千米的体量伸入黄海和渤海。这里的山、海、渔、歌，这里的湾、港、船、岛，经过岁月的打磨，经过人类精神的整合，最终演绎成海湾的方志，半岛的语文，船舶的族谱，港口的记忆。

我所要做的，就是忠诚地书写这一切。

图书在版编目（CIP）数据

海货 / 阿占著 . — 青岛 : 青岛出版社 , 2023.4
ISBN 978-7-5736-1071-3

Ⅰ.①海… Ⅱ.①阿… Ⅲ.①散文集—中国—当代 Ⅳ.①I267

中国国家版本馆 CIP 数据核字 (2023) 第 061047 号

书　　名	海　货
作　　者	阿　占
出 版 人	贾庆鹏
出版发行	青岛出版社
社　　址	青岛市崂山区海尔路 182 号（266061）
本社网址	http://www.qdpub.com
邮购电话	0532-68068091
策划编辑	申　尧
责任编辑	刘伟学
助理编辑	张伸宇
插　　画	阿　占
装帧设计	祝玉华
照　　排	青岛光合时代文化传媒有限公司
印　　刷	青岛东方华彩包装印刷有限公司
出版日期	2023 年 4 月第 1 版　2023 年 4 月第 1 次印刷
开　　本	32 开（890 mm×1240 mm）
印　　张	9
字　　数	190 千
书　　号	ISBN 978-7-5736-1071-3
定　　价	58.00 元

编校印装质量、盗版监督服务电话：4006532017　0532-68068050